ゲーリー・スナイダー
コレクション4

奥の国

The Back Country

Gary Snyder
ゲーリー・スナイダー
原成吉 訳

思潮社

奥の国

ゲーリー・スナイダー　原成吉訳

思潮社

目次

I　極西

II　極東

III　カーリー

IV　バック

装幀＝奥定泰之

奥の国

ゲーリー・スナイダー・コレクション4

ケネス・レクスロスへ

「……予もいづれの年よりか、
片雲の風にさそはれて、漂泊の思いやまず、
海浜にさすらへ……」

——芭蕉

I

極西

FAR WEST

ベリー祭り

ジョイス・マトソンとホーマー・マトソンへ

1

毛皮は泥色、大またで足どりかるい変なやつ
飲んだくれの老いぼれ、宿なしのさすらいもの
スケベなやつ、せんずりかいてた太った
子犬、ずる賢いギャンブラー、ときには
素晴らしいものも届けてくれる、コヨーテに　拍手喝采！

　八月のクマの糞のなかにそいつはある
いい匂いのトレイル、みごとな糞の山のなか、それは八月の
終わりのころ、おそらくカラ松のそばで

A Berry Feast

12

クマはベリーを食っていた。
　　高地の草原、夏の終わり、雪は消え
ベリーを食っていた
　　ブラックベアーが結婚した
相手は、半獣半人の赤ん坊に乳をすわせ
乳房から血をながす人間の女。

　一日じゅう集めたり、捨てたり、訳のわからないことを
　まくし立てる人間たちも、もちろんどこかにいる

「おれが矢を射るところには
「ひまわりの陰がある
　　　——玉石の股ぐらにとぐろを巻く
　　　ガラガラ蛇の歌
「カァク、カァク、カァク！
　　コヨーテはうたった。人間と

　　まぐわいながら――

チェーンソーで伐採した松の板材
郊外の区画化された寝室は
この木目と節といっしょに揺れる
腹立たしい形が現れては消える
毎朝　通い勤めの人間どもが目覚めるたびに――
枠組に取りつけられた板
　　　二足動物捕獲用の箱。

　　影が木のあたりを行ったり来たり
　葉から葉へと移ろいながら　毎日
ベリーの茂みを移動する

影が木のあたりを行ったり来たり。

2

三匹、ピョン　と窓から外へ
夜明けにとび跳ねる猫、すべて茶色のトラ　灰色の
髯をピンとたて
　舌にはネズミの肉片

川でコーヒーポットを洗っていると
　朝飯がほしいと泣きじゃくる赤ん坊
黒ずんだ乳首、青筋のある、重たい
乳房が、はだけたシャツからのぞいている
　空いているほうの手で
　　三つのカップにピューと白い噴射
夜明けの猫たち
　　いち　にい　さん

マスが潜むクリークはきれいな流れ
おれたちは黒い嚙みタバコをくちゃくちゃ
長い午後のあいだ　針葉に横たわり、眠る
　「おまえはフクロウになれ
　「おまえはスズメ
　「おまえは大きく、青あおと育つんだ、みんなが
　「食べるのさ、おまえたち　ベリーを！
車から撃たれたコヨーテ——耳ふたつ
尾っぽひとつで、報奨金がもらえる。

　　　カラン　カラン、歩くたびに鈴の音
　　　　栈手《さで》の丸太を動かしている
　　　　　中国殷王朝の雄牛たち

首に青銅の鈴
ふたつの角に青銅の玉、賢い雄牛たちが

陽光と埃のなかを、モーモーとうたいながら
　丘のふもとへ丸太を運び
　　積みあげていく
　　　　　　　　　黄色い
豚っ鼻のキャタピラー、前のめりにブーブー進む無限軌道
黄金の火山灰の地面に重なる葉、とびでる根。

木に
積もった雪が溶ける
　　季節
剝きだしの枝
　　　　　こぶのある松の小枝
　濡れた花に暑い陽がさすと
ハックルベリーの緑の新芽が
雪を突きぬけ顔をだす。

3

ビールをがぶ飲みすれば、腹も胸も
ぱんぱんにふくれる、だれが望む
涅槃《ニルバーナ》なんて？
ほら、水にワインにビールもある
一週間で読み切れないほどの本も
後産の汚物と
熱い大地の匂い　温かい霧
股からたちのぼる湯気

「おまえさん、一生殺し屋でなんていられねぇよ
「人間どもがやってくる――
――川で溺れ死んで
よれよれの毛皮のコヨーテ、浅瀬でぷかぷか魚の餌食
カササギがやつを生き返らせると

「ばっきゃろー!」とココーテはうたい
走り去った。

きめの細かい藍色、草原で採れるものは甘くって
谷のものは小粒で酸っぱい、うっすらと青い粉をまとった
ハックルベリーが、松林のいたるところに実っている
涸れ谷に群生し、埃っぽい崖をよじ登り
鳥に運ばれ、空からまかれる。
気がつけばクマの落とし物の中に。

「夜は泊まって
「明るい部屋でアツアツのパンケーキを食べ
「コーヒーを飲み、新聞を読んだ
「見知らぬ町を、鼻歌まじりで車を走らせ
旅を続けた、そのときあの酔っぱらいが急ハンドルを切りやがった
「賢いご婦人がたよ、夢から目覚めなさい!

「両脚をしっかり締めて、この股ぐらから
　悪魔どもを絞り出すのだ、腿を硬くして
「赤い目をした若いやつらがやってくるぞ
「半勃ちで、鼻をくんくん、叫び声をあげながら
「おまえたちのこわばった体を天日干しにする気だ。

浜辺で目覚めた。灰色の夜明け
雨でびしょびしょ。裸の男がひとり
石の上で馬肉を炒めている。

4

コヨーテが吠える、まるでナイフ！
茶色い岩場に日が昇る。
人間は消えた、死は災いではない
空っぽで明るい、洗われた空に

きれいな太陽

トカゲたちが小走りで暗闇から出てくる
おれたちトカゲは、茶色い岩場で日向ぼっこ。

ほら、裾野から
細い川の流れが、きらきら光りながら、尾をひいてゆく
平地へ、都市へと。
　平野の地平線にかかる靄がまぶしい
ガラスに映った太陽は、きらりと光り、消える。
ヒマラヤスギの下、涼しい泉のところから
尻をついて、白い歯をむき、長い舌で喘ぎながら
　コヨーテはじっと見ている。

乾いた夏　死んだ街
ベリーはそこに育つ。

馬林庵《マリン》

太陽をユーカリの木立ちがさえぎる
その下は湿った牧草地
湯がもうすぐ沸く
ぼくは開けた窓にすわって
タバコを巻く。

遠くで犬が吠えている、カラスが二羽
かあかあ鳴いている。ゴジュウガラが松の高みで
鼻にかかった鳴き声をあげる——
並んだ糸杉の背後から
雌馬がやってきて、草を食んでいる。

Marin-an

絶え間なく聞こえてくる低い音が
遙か下の谷を走る六車線のハイウェイから
聞こえる——数千
数万の車が人びとを
仕事へとかりたてる。

丘陵地帯での六ヵ月目の歌

寒い小屋で鋸を研ぐ。
　　ドアのそばにはツバメの巣
ドア枠ごしに、牧草地からさし込む陽の光
その日溜りで鋸の目立てをする
　　ツバメが軒下をかすめ飛ぶ。

グラインダーで両刃斧を研ぐ
夏の仕事にそなえて
　　ツバメが一羽、勢いよく飛び出してゆく。
川のうえを、低い山の雪のうえを
薪割り用の楔を研ぐ。

Sixth-Month Song in the Foothills

低い山の向こうには、白い山並み
いまは雪解けの季節。　道具の手入れだ。
　荷馬は草の新芽を食んでいる
ぴかぴかの斧——ツバメたちが
　ぼくの小屋へ飛んでくる。

泉

ハイウェイのでこぼこをアスファルトで打ち固める
　　荷台を一杯にした小型トラック
道路舗装材置き場、そして作業場
昼はとても暑くなるので、アスファルトが柔らかくなった。
　　パイプと鋼鉄製の締め固め機を使って
交替で手作業
それからトラックの後輪で
補強したアスファルトを前後に数回、踏み固める——
最後は縁の部分をビッチモというコールタールで仕上げる。
一杯やろう、という親方の声
そこで森と花咲く野に車を走らせた

荷台ではシャベルのガタガタいう音
やがて崖のそばの黒い森にはいった
石で囲った泉があって
そこはシダの茂る峡谷になっていた
ブリキのカップで水を飲む
手が麻痺し、腹が痙攣する
指の間を下から湧き上がる水
「この暗い場所」――
さあ、トラックにもどって
もうひと仕事だ。

散歩

仕事をしないのは日曜だけだ。
ラバが草原で屁をしている
　　　　　　　　　マーフィーは釣り
テントが温かい早朝の陽をあびて
パタパタ音をたてる。朝飯は食ったし
　　　　　　　　ベンソン・レイクまで
散歩にいこう。弁当を作って
バイバイ。クリークの丸石を飛び跳ねながら
岩に囲まれた五キロほどの河床を上流へ
　　　　　　　　パイユート・クリークを――
切り立った峡谷、氷河がなめらかにしたガラガラヘビの土地
ジャンプ、淵のほとりへ、マスがさっと逃げる

晴れわたった空。シカの足跡。
滝のそばにやっかいな場所、家ほどの大きさの岩
弁当をベルトへ括りつけ、岩隙をゆく、あやうく落ちるところ
でも岩棚にうまく足がのった
　　　　　　　　　　　　　　また歩きだす。
ウズラの雛が足元で凍りついている、石と同じ色だ
と思いきや、チーチー鳴きながら走りだす、ウズラの雌がやきもきしている。
ベンソン・レイクの西端はゴツゴツした岩――クリークの深い
淵の際をたどって、長い白い斜面へ――
黒い色をした冷たい湖を見おろす
　　　　　　　　　　　　　　はるか上から
崖が連なっている。深いところできらめくマス。
V字谷の峠に　はぐれガモ
　　　　　　　　　　　　　　急斜面の山腹
崩れ落ちたアスペンと岩屑の堆積をぬけて、東の端へ
草地へおり、広い静かな流れを渡って

キャンプへ。やっと着いた。
　年老いたトレイル作業員が残していった
三年前の錆びついた
料理用コンロのところで
ひと休み、それから泳いで、昼飯を食った。

発破をかける

Fire in the Hole

日向に一日中　しゃがみこんで
　　片手で鋼鉄の叩きノミを回し
もう一方の手で二キロの片手ハンマーを
　　　　　　　　　　　　振りおろす。

一時間で八センチほど
牡牛の背ほどある花崗岩の丸石が
　　　　　　トレイルでがんばっている。
顔を上げれば、パイユート山の
　　　　　　崖がゆらめいている。
背中を汗がしたたり落ちる。

この日のことが心から離れない。
岩山の仕事
　両腕の痛み
　　　まばゆい空に
　　　　アーチをかけるラバの道
ヘビの鱗みたいなジュニパーの幹
　　その下での昼寝。

鋼鉄の先端に入り込んだ
　精神のこと。
呼吸のように
　振りおろす腕。
あの掘削機の旋回軸で
　　くらくらする谷――
おれたちは三十センチの深さに爆薬をつめた
　乳香みたいな

ラバに積んだダイナマイトを。

「発破をかけたぞ!」
「発破をかけたぞ!」
「発破をかけたぞ!」

発破器のレバーをぐっと押した。

ぱらぱら降ってくる石のなかを
土埃と

具合を見に現場へ歩いてもどる。
両手、両腕、両肩が
スーッと楽になった。

小さな枯枝を燃やす

幾重にも枝を伸ばす
　　ホワイトバーク松
その下にこぼれ落ちた
　小さな枯枝を
　　燃やす。
　　　百の夏
雪解け水　　岩　　そして大気
ねじれた枝のなかでシューという音。
　シエラの花崗岩。
　　リッター山——

黒い岩は二倍も古い。

デネブ、アルタイル

風におどる火

シエラ北部、標高二七〇〇メートルのベアー・ヴァレー、トレイル作業員のキャンプ――白い骨と雪解け水の細流

Trail Crew Camp at Bear Valley, 9000 Feet. Northern Sierra—White Bone and Threads Of Snowmelt Water

一日がかりで伸びすぎた枝を切り払う――
ヤナギのなかのかすかな道筋をたどって
　　灌木地帯へ
　　二十メートルほどのクリークの河床が
　巨岩のあいだを曲がりくねって
　　山をジグザグに進む
木立へ、ホワイト松の群生へ。
川の湾曲部にはグーズベリーの茂み。
馬の蹄がリップラップで大きな音をたてる

埃、藪、枝。
峠には
石のケルン――
数百キロ剝き出しの山並が続く。
日が落ちるころキレイになった
スイッチバックをキャンプへもどった。
去勢馬のベル
料理用テントのシチュー
大きなブリキの缶にブラック・コーヒー。

シエラから家へ

夜に一度目がさめた、おしっこをして
冬にみえる星座を確認し
寒い夜明けに
まだ消えてない火を大きくした。

湖で鍋を洗う
馬糞に霜だ
カナダカケスがキャンプを物色した。

午前中ずっと、車まで
荷物を担いで、花崗岩の上を歩いてゆく
シュガー松の若木。

暑い平原へ。
サンウォーキン・ヴァレーでは剝き出しの貨車に乗ったメキシコ人たち。
涼しい霧
畳の匂い
緑茶を一杯
サンフランシスコ湾のほとり。

フォックステイル松

樹皮がパイナップルの香りがする——ジェフリー松
松かさがチクチクする——ポンデロサ松

この二つの松のことは何も知らないで、こう言っている
「一房に三本の針葉」
　　松からぶらさがっているテレビン油をとるためのブリキ缶
　　ハイリード式架線集材作業員

「純種の樅の毬花はまっすぐで
ダグラス樅の毬花はたれ下がっている」

Foxtail Pine

——あの山の野生豚はドングリを食べる
カスカラの木を切る人
タン皮を採る樫の樹皮を集める人
カリフォルニア月桂樹の薄板でボウルを作る人
小さな杉の人形
　　梅の裂けた又から生まれた
　　　女の子
　　月の娘——

フォックステイル松には
五本の針葉がひとかたまりになった
　短く刈り込まれた湾曲した房がある
　樹皮はざらざらした赤い鱗片
地面には散乱した
　　ジグソーパズルのピースみたいな鱗片。
——「フォックステイル松」の話をしながら、ぼくは何をしているのだろう?

この球果植物のふるさとは氷河の
時代、ツンドラ、タイガ、この松は
　裸子植物だから
ホワイトバーク松とホワイト松は同類にみえるのだろうか？

　こんな類の木だ
　葉は針葉で
　キツネのふさふさした尾みたいだ
（キツネと呼ぼう、なぜってそう見えるから）
　だからこいつを
「キツネの尾っぽ」、フォックステイル松、と呼ぼう。

若い雌牛がよじ登る

A Heifer Clambers Up

若い雌牛がよじ登る
　夜鷹はお出かけ
　　馬たちは
ゆっくりとした足どりで小屋へもどる
　クモは新しいクモの巣で
　　光っている
露が屋根板に、車に
　郵便受けに——
モグラ、タマネギ、そして甲虫は
　争いをやめる。
　　世界は傾き
太陽の日射しのなかへ、男と女たちが

起きる、赤ん坊は泣き
子どもたちはお弁当をつかんで
学校へ出かける。
ミルクを搾る牛舎で
仕事へむかう車のなかで
ラジオのニュースが流れる
「今夜はすべての国が
酔っぱらって、大騒ぎをするでしょう」
ロシア、アメリカ、中国が
その国の詩人とともに歌う
満ちたりて、心やさしく
花と踊るクマの縫いぐるみを送る
幸せな赤ん坊が
丸々と太った
すべての首都に

八月、サワドー山に
ディック・ブルーアーがやって来た

August on Sourdough,
a Visit from Dick Brewer

サンフランシスコから北へ
　　　　　　　　一六〇〇キロ　ヒッチハイクし
山の斜面を登った　一六〇〇メートルの天空にある
小さなキャビンへ——部屋はひとつ——
　　　　　　四方の壁はガラス
草原と雪原、　数百の峰。
おれたちは寝袋にはいって
　　　　　　夜半まで話をした。
風にうなる支え綱　夏山の雨。
次の朝　きみを送って
　　　　　　崖のところまで一緒に行き

おれのポンチョを貸してあげた――泥板岩をよぎる雨――
きみは下の雪原へ
　　　　風に煽られながら
最後の別れに手を振っていた　　その姿は雲になかば隠れていたっけ
それからきみはヒッチハイクを続け
　　　　はるか彼方　ニューヨークへ。
おれは自分の山へもどって　　そして遠い、遠い、西に。

オイル

Oil

うねりのなか　心地よい雨まじりのスコール
小笠原諸島の南、いまは深夜。誰もいない
食堂からもれる光が
おれが立っている傾いた扇状船尾に
ウィンチとフェアリーダの
ばかでかい影を投げかえす。

機関室の当直の男たち
操舵手、そして船首の見張りを除けば
乗組員はみんな眠っている。　甲板の簡易ベッド
あるいは下の通路にある
うるさくて狭い鉄製の寝棚のなかだ。

炉の心臓、蒸気の血管、そして銅の神経線維で
船は、燃え
震え、かすかにねじれ、そしていつも進む――
かるい船体の揺れ、そして足下では
太く低いタービンの振動音。

運んでいるのは、狂ってしまい中毒になった
この全人類が必要としているもの。
それはスティール板と
キレイなオイルの長い注射。

掃除夫たちの秘密

The Wipers Secret

ビルジの下で
あるいは隔壁の上の見えないところで
くり返し　くり返し
毎年　毎年
おれたちは埃をペンキで塗りつぶす。

一等機関士は
知っている。
しかし、かれに何が言えよう。
会社が言うのは
時間の節約。

一回かぎり

ほぼ赤道のあたり
ほぼ春分のあたり
　まさに真夜中
船から見える
　　　　満
　　　　　　　月
は空の中心にある。

サッパ・クリーク号、シンガポール近海にて
一九五八年三月

仕事をおえて

After Work

丸太小屋と小さな木立が
ながれる霧に浮んでいる

ブラウスを脱がせ
おれは冷えた両手を、きみの乳房で
　温める。
きみは笑って、身を震わせ
熱い鉄ストーブのそばで
　ガーリックの皮をむく。
斧、熊手、
薪をもってくる

おれたちは壁にもたれて
たがいによりかかる
シチューがぐつぐつ煮えている
暗くなったら
　　ワインを飲む。

夕方に到着

Rolling in at Twilight

夕方に到着――オレゴン州ニューポートの町――
九月の涼しい海風、たくさんの食料品をかかえて
フィル・ウエーレンが、歩いてゆくのが見えた
そこは集材トラック、キャタピラー、そしてスキッダーで
いっぱいの未舗装の
　　駐車場
地面をじっと見みつめながら。

そこをおれのバスが通りかかったとき、大声で叫んだけれど
かれは下を見つめたままだった。
十分後に、おれは本とバックパックを持って

かれの部屋のドアをノックした

「あのバスかもしれないな、と思ったよ」

かれはそう言うと

買ってきた食料品をすべておれに見せた。

ヒッチ　ハイク

Hitch Haiku

職にあぶれ
　　ひとり男は弁当を食べた
正午を告げるサイレン

・・・

キャトは止まり
　　　　シカが歩く
男たちはみな弁当を食べている

・・・

滴がたれる雨宿りの小屋で、ホットケーキを焼く
　フー・マンチュー
雨のクイーツ・インディアン居住地

・・・

トラックが去って
　　　　三時間
スモーク・クーリク砂漠

・・・

一晩中、ジャックウサギの目が光る
　エルコでの朝食。

・・・

壁には埃まみれの古い漢字
丸太道の日本人町
　　山のふもと
向かいにはウォブリーの集会所

シアトル

・・・

荷をつるすカーゴ・ブームから、滴がぽたぽた
削りたてのウィンチ
　　赤いサビ止めの斑点がついた
若い樅の木――
　　夏の雨に濡れている

・・・

ミンダナオ海溝のうえ

扇状船尾から捨てた

　真鍮の破片

落ちてゆくのは、九六〇〇メートル

・・・

[次のふたつはワシントン州サッポーを旅しているとき、古典的主題についてで書いた作品。最初のは、トーマス・L・フッドラッチによる]

焼け落ちた礼拝堂に月の光――

　木馬の糞。

イサカで日曜日の夕食――

ビューンとうなる弓の弦《つる》

・・・

雨漏りを眺めてすごし数週間
　今夜、直した
屋根板すこしうごかして

・・・

十月の凍てつく朝、ハイ・シエラ
ファイヴ・レイクス・ベイスンをよこぎりカウィーア川へ、
ボブ・グリーンズフェルダーとクロード・ダレンバーグと
迷子の白い雌馬
　首からロープをぶら下げて

農場からは六十五キロ。

・・・

カウィーア川から帰り道

ティンバー・ギャップで日没
——腰を下ろす——
暗い樅。

埃だらけ　寒い
疲れはて　口もきけない

・・・

桜の花が咲いているフッド川
トゥーソンのあたりは錆びた砂

ウィラパ湾の干潟

・・・

プロングホーンの生息地

車は　太陽がきらめく
　　宝石の道へ

黒曜石の砕片

・・・

山が水へと歩く！
山から雨がふる！
　　ブラックベリーの茂みから
雌のヘラジカの

かん高い鳴き声
・・・
巨大な貨物トラックが
　町のように光っていた
真っ暗な石ころだらけの砂漠のなか
・・・
熱燗をのみながら
　炭火で魚をあぶっている
オートバイは
外　雨ざらし。
・・・

スイッチバック

向きをかえ、向きをかえ
そしてまた、つらい
登り
険しい道が
先へと続く。

ピナケート砂漠でのシチューの作り方、ロックとドラムのためのレシピー

How to Make Stew in the Pinacate Desert
Recipe for Locke & Drum

A・J・ベイレス・マーケットの針金を曲げて作ったローラー付き買い物かごに、パースニップ、タマネギ、ニンジン、ルタバガ、それにジャガイモとピーマンを買い込むそれから黒っぽい牛のすね肉の切り身を九つ。この牛は自分の脚で走り回っているので、肉がうまい。

アリゾナ州トゥーソン、夜七時、ダンプリング用にビスクイックを買う。ベーコンも少少。ステーキを焼いているすぐ隣のハドレーの調理場へ行って——ダイアナは電話中——ドラムから小さなビニール袋をもらう——その袋の中に——タラゴンとチリ、ベイリーフ四枚、粒の黒コショウ、それにバジル、粉末のオレガノ、タダの何とかってやつ、塩をテーブルスプーン約二杯——入れる。

場所は変わって、メキシコのピナケート地方ソノラの町、溶岩の環のなかに、オコティーヨの木と折った小枝、それに鉄木を少し入れて、火をおこす、燃えている薪を（気が利く人なら）風上によせ
残りの部分を燃えやすいようにしておく。
燃えさしのうえに、ドラムの大きなダッチ・オーブンを三脚にセットする。

つぎにベーコンを数枚入れる。
別の鍋に、洗って、皮をむき、刻んだ野菜をすべて入れる。
牛のすね肉を小さく切りわけ、骨を取りのぞく。
牛のすね肉を入れ
熱くなるまで、かき混ぜながら炒める
ジュージュー燃える火――眉毛を焦がす

ロックが言うように、あやうく焦がすところだった――それから、ジープの缶から持ってきた水を足す――
袋に入れたハーブを加える――さらに五分、火にかける――そして、それから他のすべて

が入った鍋に入れる。
それに熱くなった大きな重たい蓋をする、そして座って待つ、あるいはバドワイザーを飲む。

そして、ダンプリング・ミックスに少し水を加えながらかき混ぜ、最後にそれをスプーンでシチューにおとす。
それから、あと十分そのままに
そして、まっ黒くなった鍋を火からおろし
さらに、まるまる十分そのままにしておく
お皿に盛って、スプーンで食べる、暗闇のなかポンチョに座って。

一九六四年七月十三日

サーテル

Sather

バスで隣に乗りあわせたノルウェー人の老人が
「旅は人を大きくする」と言った
　夜の車中、レディングを通って
レッド・ブラフの北でのこと
「スノークォルミー峠の山は
　　おれの育った
　森や川によく似ている――」
北大西洋の島だ
十九の時にエバレットに着いた
スクーナーの船乗り、一九一二年

あの

すごく高い山並み。
変われば変わるもの。
「昔はこの国が好きだった――
いまはフランスで暮らそうと思う」
おれの子どもたちは、もうみな大人。
石炭船で火夫をした
かぎタバコの木こり
すっかり干からびたスカンディナビア人の
漁師の息子が行った先は
北西部。
名はサーテル。
「〈夏山の放牧場〉という意味、
ノルウェーにはよくある――それは
ありふれた名前だ――」
そこへ牛をつれて行くんだ。

そして、クイーツ・ベイスンの高地は
あの年、一九六四年は
八月でも、まだ
三メートルの
雪。

一九六四年十月二十九日

十五年前、ドジャー・ポイントの山火事監視人だった若者へ

For the Boy Who Was Dodger Point Lookout
Fifteen Years Ago

［オリンピック山地を最初の妻といっしょに、バックパッキングの旅をしたときのこと。ドシウォールイプス流域をよこぎり、それから下ってエルファ川とゴルディ川までゆき、その浅瀬を歩き、また登って高地へでた。クイーツ・ベイスンからエルファ川まで、ひとりでハイクした。最近になって、その想い出が蘇ってきた。］

キャンプファイアーの灰色の煙が
かすかに漂っている
ヒースの花が咲く緑草地帯
きみは三キロ離れた高地にいる。

雪解け水の池、そしてアリソン
白鳥の乙女のように、前屈みで
水浴している、きみのかわいい裸体
その回りを、高山の樅と輝く雪の峰が
囲んでいる。ぼくらは
数キロ、トレイルのないところをやってきた
きみは長い間ひとりきりだった。
ぼくらは三十分ほど話をした
下には白く泡立つクリークと
森林の広がる谷、雪と花の
ふたりの世界。

いま彼女がどこにいるのか知らない。
きみの消息をたずねたことはなかった。
熱くて、濁っていて、偽りに満ちた
血まみれのこの世界で

ぼくがどうにか正気でいられるのは、三頭のヘラジカの鼻のように、ひんやりとして穏やかなあの山の出会いがあったからだ。

Ⅱ　極東

八瀬の九月

川端さんちのおばあさんは
穂をつけた背の高い雑草を　手際よく刈り取る——
　　　ぼくが一日かかってもできない量を
二時間たらずで。

草とアザミの
山のなかから
おばあさんは　ぎざぎざの
青い野花を
　　　五本とりわけ
ぼくの台所に飾ってくれた
　　　　　罎にさして。

Yase: September

松江

テツへ

松江城の
　　てっぺんからは
数キロにわたって広がる平らな田んぼ
山、そして細ながい湖が見える。
小学生が手作りの
望遠鏡で
　　町を眺めている。

新しいちっぽけな店
この丘の上の塔
屋根の上には
　　二本の角《つの》みたいな形の

頭から飛び込むイルカ――
いまとなっては
あの巨大な石をどのように
　積み上げたのか知るすべもない。

松平家が代々にわたり
すべてを所有していたのだ。
冬は、風の吹きすさぶ
　この天守閣に
座っていた。小さな村はすべて
雪のなか。

飛行機雲

Vapor Trails

積雲の二倍の高さに　一対の筋
飛行機が　青空に垂直に記したあざやかな氷跡
剝がされる雲　発射される光　弧を描く影
未来のすべての戦場はここ、その筋は少しずつ空間を進む。

米軍の若い熟練パイロットたちが待っているのは
ロケットが十文字に飛びかう日
そして白い花を咲かせる爆弾の煙
藪だらけの土地とアリ塚のような町　この小さな斑点のために
引き裂かれ、揺れる大気圏——

　　ぼくは砂利の小道でつまずき

寺のなかを歩いてゆく
二針葉の松に目をやりながら
――その意匠を見つける。

大徳寺にて

比叡山

Mt. Hiei

障子を背にしてすわり
歌でもうたおう
と思っていた。半分かけた　月
その遅い月の出を見つめていた
しかし手が悴んで
ギターが弾けなかった
歌は冷たい白い息
酒を飲んでも温まらない
そこで暗い家と月の
境に座った
ぶ厚いコートをはおって——尾根の後ろから
星がのぼるのを眺めていた

かつて、山頂の火の見小屋で　輝く
アルデバランを
火事と見まちがえた、あのときのように。

はるか西部

Out West

畑では
一日中、ゴフォ　ゴフォ　と音をたてる
新しい動力耕耘機
回転刃が土を巻き毛のように掘りおこし、柔らかくしていく

以前はキュウリを作っていた場所
　麦わら帽子の少年が
　畦の手前になると不慣れな手つきでUターンし
　　　　　　レバーを変える

ヒマラヤ杉の枝から排気ガスがたちのぼる
　キュウリの蔓

支え棒と縄を
取り払い、ひと夏に二度の作付け

去年は、家族みんなで鍬を手に
野良仕事をしていた。
おばあさんは亡くなったのだろうか？

一つ目機械の回転する舌は
ガクガク進みながら、ゼイゼイ喘いでいる
あのカウボーイ・ハットのような麦わら帽子
あのほっそりしたブルージーンズ。

京都

アミ　一九六二年十二月二十四日

Ami　24.XII.62

髪　激しい筆さばきの黒が
　　白い
　　　　枕に——
曲げた両膝がうごいている
　　白いシーツとガウン
山腹には黄褐色の草
　　ねじれた松のうえには雲
　　比叡山から突き刺すような雨
「男の子だなんて、思ってもみなかったわ」
家にはだれもいない
　　父親は教えに出かけていて留守だ

玄関の明かりはついたまま
「あの人はずっと石版画をやっているの」
窓から明かりがみえる。
レタスとタマネギは、たとえどれだけ寒くとも。
あいつは知っているのか？　息子が生まれたことを？
犬は吠えるのをやめた
いまはすわって震えている
薪小屋の戸枠につながれて。
震えている

銭湯

The Public Bath

ふろ屋のおねえさん

服を着ていると、鏡のなかで
　ホクロがかわいい、赤いスカートの
おねえさんがこっちを見ている。
　　おれって
　　　おかしい？

男の赤ちゃん

仰向けに寝かされて、熱いお湯をぶっかけられ
だまったまま、目をきょろきょろさせながら

怪訝そうな顔をして
　オシッコをする。

娘たち

二人の幼い娘をギュッとつかんで、ごしごし洗う父親
　身をくねらせて、石けん　目に入ったよ、と
　　悲鳴をあげる娘たち
濡れた髪を両手でしぼる仕草は
　なんとも大人びている
ぼくのほうをちらっと見ながら、指さす。父親は
石けんをつけて、ふっくらした小さな割れ目を
　洗ってやる
耳のなかをのぞきこみ
　それから熱いタイルの湯船にザブン。
　そこには、日焼けした農家の息子

萎びたおじいさん
そして「きよしこの夜」をうたう学生。
――ぼくたちは海草みたいに揺れながら浮かんでいる
湯気の明かりにピンクに染まる身体。

おばあさん

太りすぎで年も取りすぎ、なにも気にしない
そこに突っ立ったまま
草むらについた滴を物憂げに
払っている。

少女

うつろなまなざしで、うなじを拭いている

かすかな縮れ毛
とがった小さな乳房
——来年は、見えないところで
着替えをするだろう。

男たち

しゃがんでいる、石けんだらけの、しなやかで
なめらかな引き締まった肌、長く伸びた筋肉——
海岸に転がっている、死んだ
裸の男たちが、ぼくには見える
ニュース映画、あの
戦争の

九州の火山

A Volcano in Kyushu

阿蘇山　　高地には
馬たちと縁辺岩

　　　　観光バスがぎっしり。
　　　むき出しの岩、茶色の草
　　　　　なにもない空間
　　硫黄の崖、筋状に残った雪がみえる。
　——噴気孔から立ち上る煙
鼻がなく、つるつるで
口のねじ曲がった中年の男。

ブルージーンズにチェックのシャッツ、銀のバックルのベルトをした

ロバート・オッペンハイマーは
二十年前
ブルドーザーが松の木を
引き裂くのを見つめていた
ロスアラモスで。

八瀬の高野川

Eight Sandbars on the Takano River

湧き水は
夏
冷たく
冬
暖かい

黒い土の
穴のわきに
一尺ほどの
白い大根

地表の緑は
その息子。

さくら

農夫はけっして上を見ない
女は酒をふるまう
花見客は気分が悪いか、眠っている

野生化した
イチゴの蔦には
毎年　たくさん小さな
酸っぱい実がなる
松の枯れ葉に護られて。

切り出された樹液が光る
白い丸太
枝打ち
　　　春の
　　　　森

トンボ
あれ　湿った苔
　おまえの黒い羽が
　のびる　のびる
とまり棒

イチゴの時期

綱わたりで
通りのずっと上をゆく
鍬と桶を二つぶらさげて
　　中には下肥。

背筋をのばし
揺らしながら大股に歩く
二間の長さ
　　松の丸太を
　　　軽やかに
頭にのせてゆく大原女《おはらめ》。

電車でぐっすり

Asleep on the Train

ブリーフケース、膝のおくに
　ぴったりとしたガーター
　ふっくらした、かわいい太腿がのぞいている
電車がゆれるたびに前後左右にゆれる

　　　　　目は
閉じている。　口は開いて。　若い女性たちも
疲れる　ほかの疲れた労働者たちと同じだ。
電車が加速と減速をくりかえすたびに、ピクッと身体が反応する

「進め」の信号がサッと通りすぎてゆく
特急列車の

停車駅は一つ
そこでみんな夢から現実の
我へとかえる。

ロビンのための四つの詩

Four Poems for Robin

シウースロー・フォレストで野宿したとき

ぼくは　シャクナゲの下で寝た
一晩中　花が落ちてきた
段ボールの上で　寒さに震えながら
両足を　バックパックに突っこみ
両手はふかく　ポケットのなかに
ほとんど　眠れなかった。
思い出すのは　大学時代のこと
大きくて暖かいベッドに　いっしょに寝ていた
いちばん若い恋人
別れたとき　ぼくらはまだ十九歳だった。

もう　ぼくらの友だちは結婚している
きみは東部に帰って　教師をしている
ぼくはこんな暮らしを　気にしていない
緑の丘　長く青い海岸
でもときどき　外で寝ていると
きみがいたときのことを　考えてしまう。

春の夜の相国寺

八年前のこの五月
ぼくたちは桜の花の下を歩いた
夜の果樹園　オレゴンでのこと。
そのときぼくは何が欲しかったのか
もうすっかり忘れてしまった、きみ以外のことは。
夜ここで

古都の庭で
ぼくは震える夕顔の霊を感じる
綿のサマー・ドレスの下の
涼しげなきみの裸を思い出す。

秋の朝の相国寺

夕べ　プレアディスを見ていると
月あかりのなかで息が白く煙った
苦い思い出が、嘔吐のように
喉につまった。
縁側にしいたゴザのうえに
ぼくは寝袋をひろげた
空には秋の満天の星。
夢にきみが現れた

（九年で三回）
手に負えない、冷たい、そして咎めるような素振りで。
ぼくは恥ずかしさと怒りで目が覚めた。
心のとりとめのない葛藤。
もうすぐ夜明け。金星と木星。
二つの星がこんなに近くにあるのを
はじめて見た。

十二月の八瀬

きみは言った、あの十月
果樹園のそばの背の高い枯れ草のなかで
自由になることを選んだとき
「また、いつか、たぶん十年後にね」

大学を卒業してから、きみを見たのは
一度だけ。きみはよそよそしかった。
そしてぼくはある計画にとりつかれていた。

もう十年以上の歳月が
過ぎた。ぼくはいつも
　きみがどこにいるか知っていた——
きみの愛をとりもどしに
行くこともできたはず。
きみはまだ独りだ。

ぼくはそうはしなかった。
一人でやらなくてはと考えた。ぼくは
それをやりとげた。

ただ夢のなかで、この夜明けのように

ぼくたちの厳粛で崇高な
若い愛の激しさが
ぼくの精神に、ぼくの肉体によみがえってくる。

ぼくたちは、ほかのみんなが
望み、探しているものを手にしていたのに
そいつを十九で置いてきた。

大昔のような気がするな、まるでぼくは
たくさんの人生を生きてきたみたいだ。

そしていまとなってはわからない
ぼくが愚かなのか
あるいはカルマの命じるままに
　やってきたのか。

階層のあれこれ

天井裏で生まれた
野良ネコの子が
　　　雷さまごっこ
部屋の上をゴロゴロかけまわる。
　　夜に来たのはクロード？
それとも泥棒？

　　北向きの階段の上を
野良ネコたちは西へ歩く
タカは屋根の上を滑空する
ヘビは床下に入った

The Levels

雨の中、タカはどうやって狩りをするのだろう？

ぼくは、廊下を歩く
太鼓腹の雲の魂。

窯焚き

The Firing

レス・ブレイクブロー、そしてジョン・チャペルの想い出に

かじかんで青ざめた指
西暦一九六三年、冬
　　昭和三八年
むこうは滋賀の低い松林がつづく山の斜面
琵琶湖から流れでる川の西南西
川が流れを変える砂の扇状地に
　　　堂村がある
川が蛙目《さいろめ》粘土を信楽の丘へはこんだのだ
一九五七年型ホンダC型オートバイに乗って
山梨産「サント・ネージュ」ワインを土産に
農家の庭へ、そして「うめき窯」へむかった。

レスとジョンは
ボロのシャツとズボン姿、乾いた液状粘土《スリップ》に
松葉、松ヤニ、ほこり、髪の毛、木の切りくずが
　　　　こびりついている。
二人は仕上げの細長い松材の木切れをくべている
窯のぞき穴から、白熱した激しい光がみえる
焼きものの入ったエンゴロはまだ傾いていない、そして窯内の温度を示すゼーゲル錐は曲
がっている
　　　　きちんと一列にならんで——
二人の髭にはこびりついた泥と煤
十四時間の窯焚き。出来はどうだろう。
磁器と炻器の焼きもの。チーズ皿。二十のカップ。
徳利。花瓶。黒い茶碗
土のうえに胡座をかいてくつろぐ、視線は煙に——
きみたちの両手が粘土にふれたあの日

土は足踏み轆轤《ろくろ》のうえで回り、らせん状に立ちあがり
　無から最良の口を生みだした
そしてきみたちは、その形を忍耐づよく白い熱のダンスへと導いた
その手は、何世紀も、この町と粘土のなかで生きながらえ
人や獣に話しかけることだろう
日本語と英語が
消えた言語になったとしても。

町へゆく支度

金星は東にかがやき
　火星は双子座にかかっている。
丸太と、家も木もない地面に
　霜がおりている。
トビが山からやってきて
屋根の上空でトリルを奏でながら舞っている。
　霜は日光にとける。
低く靄がたれこめる家なみ
　――薪の煙と霧――
それが遠く鴨川までなだらかに下り
　はるか宇治の山までつづく。
農家の女たちが荷車をひいてゆく

Work to Do toward Town

荷台には長くて白い大根。
ぼくはバイクに本をつみこむ——
全ての道は町へと下ってゆく。

南泉

おまえを見つけたのは
台風が通りすぎた後の雨の朝
大徳寺の竹やぶの中だった。
ちいさな濡れ雑巾みたいだったけれど
鳴き声はやたら大きかった。おまえは塀の下からはい出てきて
ぼくの手にむかってやってきた。ほっておけば死ぬところだ。
レインコートにくるんで家に連れてかえった。
「南泉《なんせん》、チーズだよ!」というと、おまえは大声で返事をして
走ってきた。
でもおまえは大きくならなかった
がに股の賢い、かわいい小人、といったところ——
ときには何も食べず、よく咳をしていた

Nansen

そして身体の痛みに耐えかねて、苦しそうに鳴いていた。

いまのおまえは、やせ衰え、年をとって、チーズとミルクのほかは
何も食べようとはしない。日向の
棒の上にすわっている。文句があっても
じっと耐えている。
おまえは生まれたときから　まともじゃなかった。ぼくはおまえを助けた
そしておまえの命はこの三年間、緩やかだけど、絶えることのない
苦しみでいっぱいだった。

六年

一月

松の木は完璧だ

雪の山を歩くのに、トレイルは申し分ない
松の葉の雪を食べる
　町はそれほど大きくない、周囲を
　　山が囲んでいる。
すっぽり雲に隠れた比叡山——
その奥に大きな家はない、あるのは小さな農家の小屋だけ
　竹藪と小さな松の谷のうえを
カラスがカーカー

行ったり来たり。

もしおれの心が穏やかなら、こんな具合になるだろう。
　下の町をはしる電車
　　かつては雪の多い山だった

二月

水道の蛇口は大丈夫、太陽は少し顔をだしている
家の掃除だ　床をはいて
障子のクモの巣をはらって　　サッサッサッサッと
板の間と畳を雑巾がけ
廊下は両手、両膝をついて
ネコの仕業だ――こいつは新聞紙をつかって

　　　　　　　　　　足でふきとる
オートバイを洗う。　服をたたみ
火をおこして、釜をかける。
保坂さんの石油ストーブのタンクをいっぱいにして
コタツの
ネコの毛をきれいにする。
竹の物干し竿に干しておいた
　　シーツを取りこむ
竿を軒下にたてかけて
紐で縛る。
風呂桶の底をごしごし洗って、鏡と
　　　タオル掛けを
　　どかす
玄関の足跡をきれいにはいて
オートバイのハンドルの下にあるニップルから
クラッチ・ケーブルに油をさす

——ここでセーターをぬぐ、熱く
　　なりすぎた
　デニムのジャケットをまた着て　仕事だ
南泉が不機嫌な声をあげる、すごく具合がわるそう
すべての生き物は、人間なんだ

「平等化」について、おれは何をしよう。
六時半　風呂
炭。　黒。　燃えているところは赤
灰は混じりけのない白

三月

きたない横町で
　韓国料理を食う

茶碗で濁酒《どぶろく》を飲む
牛肉の切り身とレバーを炭火で焼く
最後は牛の子袋の刺身を
　タレにつけて食う、翡翠の緑がかった白、牡蠣のようなつるっとした食感
頭上をはしる高速道路のコンクリートの支柱に
　小便
安物の銀のカップを首の鎖にぶらさげた、ガールフレンドの
　バーの女は、おれたちにビールを
　タダで飲ませてくれる。

夜の盛り場をふらつく
カトウ、ナガサワ、おれ、サカキ
沖縄の酒、泡盛バーでは
透明なコップになみなみと注いでくれる
ジンのような香り――雑穀の新酒――
刻んだネギと一緒に。

　走り去るタクシー
サメどもを解き放すガラスのドア、そいつらの目は
　空を向いている――
　喫茶店に入る、引きしまったお尻の長い髪。
たくさんの路線があつまる駅へゆき
おれは環状線を南に
身をくねらせる黄色の竜は酔っぱらいで一杯だ
　そして増上寺の吹きさらしの
　コンクリートも。

四月

花火の音が盆地にこだます
　十二尺の吹き流しが、松の木のてっぺんに
取りつけた竹の旗竿でなびいている

二〇〇人分の昼食。
日向には広げられたコウモリ傘
——赤い漆器の椀を洗い
盆に並べる。
山間のあちらこちらに
白い桜の花。

右手の奥に、レンコンの
揚げもの、コンニャク、それにミカンをひとつ
中央の手前には、薄切りにした酢の物
キュウリとウド。
真ん中に、ゆで小豆と
黄色の沢庵。
手前の右に、汁物
具は豆腐
手前の左に、蓋つきの赤い椀、それに

温かいご飯を盛りつける。
奥の左に、蓋つきの浅い椀、中には
　丸い特製の揚出し豆腐。

もどってきた盆は
お湯で洗う。
三尺ほどの木桶を
竹格子のうえの五尺籠に入れ
　　水気をきる
漆器は二度乾かしてから、箱にしまい
　それを白漆喰の蔵の
手前右隅の
棚へはこぶ
　蔵と寺は、泥の地面に渡した板で
　つながっていて、そこには
短く切りそろえた薪の山があり

その上にトタンの波板がかけてある。

水バケツには雑巾。
長い木の梁を拭く
仏陀の足を拭く
真鍮の香炉の下も拭く
下の神社から爆竹が聞こえる
　酢五合、砂糖四合
　米五升。

腰の曲がった老婆たちが、そそくさと便所へ
入る前から　着物をたくしあげる

スピーカーから歌が聞こえる、本堂の
　僧侶たちの読経が流れている
　　大般若経、智慧の

集大成

龍雲寺でのこと。
「開山五〇〇年祭」の式典が終わると
　参列者はバスに乗りこみ
　あるいは徒歩で農家へ帰ってゆく。

わたしたちは、飯櫃、茶碗、それに椀
籠、柄杓、桶、それに大釜を洗い
風呂に入って、酒を飲み、それから食事。
高い天井の台所にある腰掛けに座る

樅と松をわたる風——
畳の上に敷いた布団のなか
暗闇のおしゃべり、そしてお休み。

五月

　山頂に座ってくつろぐ、遠くは
横川《よかわ》のむこう
大原あたりまで見える——
半分ほど伐採された山には、杉と樅と楓

　空には優美な小型のタカがゆっくり旋回しながら
優美な獲物の田舎ネズミを物色している。　琵琶のかたちの
湖。みごとな杉の木だ——アメリカ杉、ベイ松、セコイヤ杉、ベイ杉、
シュガー松、どれと比べても引けを取らない。

　(文化なんかすべて糞くらえだ——ジュラ紀以降の
歴史は退屈そのもの。　セコイヤのような杉。
ベイ杉のような檜)

そよ風、暖かい五月の日差し、おばあさんが道ばたで
柴を束ねている——
トタン屋根の涼しい作業場では、梁材に鉋《かんな》をかける男たち
建築中の新しい釈迦堂——鋭利な両刃ノコギリ
柄の部分がすりへった鉈鎌《なたがま》
よれよれの地下足袋、変わった半ズボン、綿の頭の被り物
まるでナバホ族——
タバコの吸い殻に火を付けて、歩いている逞しい男たち——岩と木と人びとが
出会う山と登山道。

灰色の木壁と銅ぶき屋根、静かなたたずまいの古寺。　道を下り
仰木《おぎ》村の畑に入って、それから険しい尾根づたいを歩き
竹林をとおって、大原の寂光院へ。
そこには虫払いの錫杖《しゃくじょう》たずさえた地蔵がいる

（夜のアメリカ、バスの旅。愛想のないウエイトレスの娼婦——）

六月

生徒はテープを聴く――
グリーンのドレスを着た布目さん
いつも胸元が少し開いている服を着ている。
山田くんは目を合わせないし、応えもおぼつかないけれど
バカというわけではない
「昼寝《ナップ》とは、「仮の睡眠」のことです」
白のブラウスにブルーのセーター（横田さん）
外では車のクラクション
ピンク色のぼやけた夕日
（なんとか）さん、　細かいプリーツのひだがきれいな
白いスカート――頬には赤いルージュ
"people call her 'Janie'" ［みんなは彼女をジェニーと呼ぶ］
"people collar 'Janie'" ［みんなはジェニーに首輪を付ける］

壁にはヴァン・ゴッホの複製画。すべて黄色と黄褐色の花が入った
花瓶
愛宕山に沈む太陽

"strength［ストレグス］strap［ストラップ］strand［ストランド］strut［ストラット］
struck［ストラック］
strum［ストラム］strung［ストラング］strop［ストロップ］street［ストリート］
streak［ストリーク］"

"cord［コォード］ford［フォード］gorge［ゴォージュ］dwarf［ドォーフ］forth［フォース］north［ノォース］
course［コース］horse［ホース］doors［ドアーズ］stores［ストアーズ］dorm［ドーム］form［フォーム］
warp［ウォープ］sort［ソォート］short［ショート］sport［スポォート］porch［ポォーチ］"

ホールでピンポンの試合をしている
通りからオートバイの轟音がきこえる――
クラクション――隣のバーのトタン屋根を打つ
　夕立の音

"try tea［トライ・ティ］buy ties［バイ・タイズ］weigh Tim［ウェイ・ティム］buy typye［バイ・タイプ］
flat tea［フラット・ティ］bright ties［ブライト・タイズ］greet Tim［グリート・ティム］met Tess［メット・テス］
stout trap［スタウト・トラップ］wet trip［ウェット・トリップ］right track［ライト・トラック］light tread［ライト・トレッド］
hight tree［ハイ・トリー］Joy tries［ジョイ・トライズ］gay trim［ゲイ・トリム］
fry tripe［フライ・トライプ］"

あれは低くてよくとおる、キース・ランペの声だ

"ripple［リップル］battle［バトル］saddle［サドル］doubled［ダブルド］dazzled［ダズルド］
wondered［ワンダード］hammered［ハマード］eastern［イースタン］western［ウエスタン］southern［サザン］"

下水道、あるいは高速道路みたいに、ずたずたに裂かれて
教科書のページやテープに
並べられたコトバ。

七月

笹を蹴りながら
　　熊笹の茂みをぬけ
　　　　藪にはいる。

クモの巣を杖でたたき落とす
　あたり一面クモの巣だらけ
　　べとべとで手強い
ジィジィ――蟬だ
　鳴いているのは　竹の葉のうらがわ

　　暑さで
　汗まみれになって
笹を蹴り
藪の中をくねくねとのぼってゆく

下のほうに、サトイモの段々畑が
　海辺まで続いている。
おとなしい赤クラゲのなかで泳ぐ
　女が前屈みで、貝を拾っていた

乳房があらわだ
海草がみえる潮だまりに膝までつかっている
その女の二人の息子は
高い崖の影で
遊んでいる

そこを横切ってゆく。
竹藪から松林へはいると
三本の斧
だれかが
木の下で昼寝をしている

八月

夜　海は

漁火《いさりび》の町

　塗装の仕上げが済んでいないイカ漁の
漁船が、岸から数キロ離れたところで
ガスマントルの灯をともしている。
　　　数えてみると二〇〇隻。
　　潮でべとついた胸と、シャツが
まとわりつくあばら骨を、風がなでる

べとつく海

昼は太陽から身をかわし
　水ぶくれの岩をジグザグに
裸足で歩きながら
飛び込む、岩礁の下を
　　　岩棚にそって水面を泳ぎながら
牡蠣や巻貝をさがす、あるいは
　　魚を見る

夜は毛布なしで
砂のうえに寝る。
　　　　イカ
　　釣りの灯。
単気筒、二サイクル・エンジン
漁師たちは、昼間はずっと
　　　岬の番屋の軒下の
　　ムシロになかば裸で寝ている。
妻たちは貝を採る
悪態をつきながら、日焼けでまっ黒になって
あるいは、新しい海岸道路の石を運ぶ土方仕事
　そして昼飯には、冷えた大きな
にぎり飯を食う。

砂丘にはタバコとブドウ。
数人の農夫が海岸へやって来る
暗闇の中に　白い手提げランプ
　手こぎ船に乗って、三〇〇メートルもある
網を引き上げる
　浜の五倍の長さだ
おれたちも手伝って引っぱる
　　跳ねる網の袋
　キラキラ輝く目、白い腹——
腿をむき出しにした若い女は
パンツに服をたくしこんで
　力一杯ひっぱりながら、悪態をついている
櫓をこぎながら老人が
暗い海のむこうから呼んでいる

最後の網には、一メートルのエイ
　女は、あばれるエイの鋭く尖った尾を
　　へし折ってしまう
　そして、おれたちに魚を三匹くれる。

みんなは船を浜にあげる
網もすべて
砂丘のむこうでランプが揺れている
おれたちは砂浜に寝る
おれたちの塩をまとって。

九月

リュックサックを板に固定し、後の荷台に括りつける

寝袋、地図ケースはガソリン・タンクの上に固定する
サングラス、テニス・シューズ、小麦色に日焼けしたショーツすがたのきみも
琵琶湖の西側を北へむかう
福井道はまだ工事中
　　　クランク軸が石にぶつかる
　　　　無謀運転のトラックに道路の縁に押しやられ
　片膝の下に海をのぞく。
どれほど際どかったか、しがみついていたきみにはわからない。

　福井にはいって安旅館をさがし
四角い木の浴槽のわきで、互いの埃を洗い流す
すり切れた畳のうえで　　夕食をたべた
　　糊のきいたきれいな浴衣
　　ぬるいお湯割りウィスキー
すべての障子を開け放した二階の部屋で
　　いままで話題にしなかったことを

互いに話した、ああ
　　畳のうえでいちゃつきながら
　　　ささやく汗が
　キスするおれたちの肌を冷やしてくれる――
次の朝、陽の当たる山、永平寺へ
荷台をアーク溶接してもらい
町をぬけて、海岸へもどる
　数キロ続く、海につきでた陸と松林の浜

そして砂浜で愛し合った

十月

金持ちには金がある。金持ちにくれてやれ！
――J・C、「すべての苦しみは、意固地なものだ」

それを持ってゆくことはできる
「あの世への転送サービス
おまえの金はここへ置いてゆきな
そしたら、おれたちがすべて使い切ってやるから」――
次元の低いタントラ現象。

「神は灰のなか、破滅は子に」

J・Cの掟――「落とし穴に落ちなければ
その穴から抜け出せない」　大麻を
露や水で「湿気にさらす」、そうすれば繊維が
「解れる」
どうも人生ってのは、言ってみれば……毎日が旗日みたいなもんだ……
コールド・ターキー　幻覚をともなう禁断症状

「おまえの不在を

無と空で整理しろ
　　――一流不安定証券――
空き地で買ったいつでも使える金
　　　　そして、その
　　存在しない空所信託物件」

　　　と、大気圏外からやって来たアームピットが言う。

「ミカンの先物取引は十倍の配当金」（彼女は
　　クシャトリア、貴族階級――まったくくだ
　好きなようにさせればいい）

乱交。
　　　　あいつらは自分を空売りする。
　　　すべての
　竜の騎士は

すべて、　　仏法《ダルマ》の王。

十一月

畑に鍬を入れ、シロツメクサの根をすべて引き抜く――
長くて白い茎根、深い
　　それにほかの長い根っこも。
「あのダイコンは十二月には霜げてしまう。
　　その畝をならす
「こいつは冬じゅう元気だ。
でも、あのダイコンほど美味くない
耕した畝に雪のような消石灰をまく
この土は酸性だ。　　あのダイコンを見てみろ
　みんな黄色だろ、酸性になっちまってるからだ。

細かいゴボウの種、こいつは曲がりくねって六十センチほどの長さになる。
　　　　　　　ホウレンソウは、となりに蒔く
風呂の残り湯に浸けておいた
種だ。　こうすると発芽が早い。
手押し車の雑草を竹林の奥にすてる
マメは二列に、十センチほど離して
　　　　　　　植える
人差し指で穴をあけ、種を二つ
　　　　　　　突っこむ
　あとですべてに柄杓で肥料をやる
　木の桶を二つ　天秤棒で肩にかついで、下肥は
　そんなに臭いものじゃない
畑をすべて耕し、冬の種を植え終わったら

このやけに重たくなった長靴を
きれいにする
　　　　　　砂利のうえに屈みこみ
　　　　　鎌の背で叩きながら
　　　　こびりついた泥を取りはらう

十二月

午前三時――遠い鐘の音が
　近づいてくる。
せんべい蒲団を押入に放りこむ。
外で、冷たい水を手ですくい、顔を洗う。
　鳥のような顔つきの、物静かで、痩せこけたコウさんが
　手際よく、梅干し茶を注ぎながら
　部屋を回る。

本堂からの鐘で、経を唱える
大きな低い鐘、小さな鐘、木魚の音。
　四時の参禅
　磨き上げた冷たい板の間に一列にならび、ひざまずく
粥座《しゅくざ》と沢庵
樽と桶
薄暗い裸電球。
　夜明けまで、立ったまま居眠り。
　　　　　　　　　　庭と玄関を
　掃く。
　外は霜
　　　　すきま風
八時に提唱《ていしょう》の鐘。　　　　上座《じょうざ》。

ケイさんが老師の衣を整える——陰のなかに
　赤、金、黒の漆塗り
　陽の光りと寒さ

斎座《さいざ》、九時四五分
汁とご飯を少し取って、飯台におき
餓鬼に供える
　昼には禅堂にもどる。

二時、参禅
三時、薬石
　残り物のお粥を食べる。
鐘の音で気ぜわしくなる。　禅堂の外で一服
　　　　　　　　　それから、おしゃべり。

日暮れどき、五時
黒の衣をきた雲水たちが禅堂に集まる。

関節がこわばり、膝が痛い
直日《じきじつ》が、香を灯し、足早に歩いてゆく
鐘の音
拍子木のカーンという音
そして、藁草履をはいた警策が
禅堂をするすると回る。

七時、参禅
お茶と葉の形をした飴。
八時、両手を組んで経行《きんひん》——
一列に前屈みになって、衣に風をはらませ
眠気を吹きとばす——

九時にもう一度、参禅
十時、熱いうどん
一人三杯。

真夜中まで坐る。　　経を唱える。
　三拝し、蒲団をしき
　くるまって寝る——
　　真っ暗。

遠い鐘の音が近づいてくる

六年の反歌

また船の機関室で
銀色のスティーム管に
　　　小さなブラシでペンキを塗る。
油受けを洗浄液で清掃——手袋とぼろ布——
——「どのくらい日本にいたんだって？

六年かよ、よほど気に入ったみたいだな。
ニューヨークのあいつらは
　　いかさま野郎だ。
けちな野球帽を売ってるわけじゃない、やってるのは競馬の呑行為だぜ」

苛性ソーダ入り洗浄液の布を灯油でゆすぎ
煤だらけのオイル冷却器を拭く
おつぎは駆動しているタービン――
駆動軸は木の幹ほどの太さがある
ベアリングは流れるオイルに浸かっている

船の腹。

Ⅲ　カーリー

死骸の上で／恐ろしい／笑いをうかべ／
四本の腕／剣／切断した首／
恐怖をとりのぞき／与える／
頭蓋をまとう／黒い／裸体の

アシカの町へ
下りてゆくと
妻は死んでいて
カヌーはすべて消えていた

アリソン

Alysoun

ぼくの母はきみをロビンと呼んでいた。
きみの足のまめを呪ったよ
あれは、二人で藪漕《やぶこ》ぎをしながら
トレイルを探していたときのこと
森の峡谷、下にはエルファ川――
いくつかクリークの浅瀬をわたって、トレイルを見つけた
五キロほどスイッチバックを上り
暗くなる前に　キャンプと料理。
一晩中めそめそ泣いていたね
いやな夢に悩まされて
ぼくのとなりのゴツゴツしたベッドで
その上には葉のうらが銀色の樅の下枝。

おまえの豊穣崇拝なんぞクソくらえ

To Hell with Your Fertility Cult

豊穣崇拝だって、そんなもんクソくらえ、わたしは
豊穣なんて願ったことなどなかった
おまえは　この世界をとてつもなく
ばかでかいオマンコだと思っているのだろう？　あらゆるものが
そこに入っては、そこから出てゆく、まるで鉄道の
ターミナル駅さながら　　それがすばらしいだって？
そいつらみんな旅がお目当て
まあ、おまえの豊穣崇拝なんて、こんなところだ、と女はいった。
——そして雌鶏を巣から叩きだし、卵をひっつかむと
それを投げつけた、男の顔にまともに
なかば形ができあがった雛の半分がべっとり、生きたまま
半分は流れでて、男の頬骨をすべり落ちた

口のまわりには、どろっとした黄色い液体、かすかにそれとわかる骨、そいつがぽたぽたと男の頬と顎にしたたり落ちた

——男は押し黙ったままだった。

サーンチーの石の少女に

For a Stone Girl at Sanchi

冷たい草のうえで　ほとんど眠っている
　楓に夜の雨がはじける
逆さにした黒い鉢のした
平らな土地で
　星よりも小さい
ぐらつく点のうえの
　　空間で
種の粒ほどの大きさ
　小鳥の頭蓋のように虚ろだ。
光が斜めにそれを射る
　——けっして目にされぬもの。

風化した不思議な大きな石
石になった古木の幹
　岩を割り、二枚貝を見つける。
　　そのあいだずっと
愛し合う。
二人の人間は姿を変えながら
　くっついて離れなかった、扉の枠に
　さまざまな思いに、槍の柄に
歳月の瓦礫のなかで。
　　手で触れると
この夢はパチンとはじける。それは本物だった。
　そして永遠に続いた。

ロビン

いつだってきみが恋しい――
去年の秋、山からもどると
きみはもうサンフランシスコにはいなかった
いま　ぼくはまた北へ向かう
　　　　きみは南へ。

海辺で　たき火のそばに座る。
ぼくはどれだけ
ヒッチハイクを繰り返してきたのだろう。
　　　　同じバックパックを背負って。

雨がシャクナゲにパラパラとおちる

Robin

海から足早にやってくる雲は　砂丘と
身をかがめるロッジポール松をおおう。
別れてからの年月について考えている。
先週　きみの夢をみた——
食料品を一袋
　　　　　ハッチのために買っていたっけ。

　　　　　　　　　オレゴン州サットン湖にて、一九五四年六月十六日

ノースビーチの後朝《アルバ》

まだ酔いがさめぬまま、見知らぬ部屋で目を覚ます
涼しい灰色のサンフランシスコの夜明けに
　どうにか間にあう——
白い家並みのうえには白いカモメ
　湾には霧がたちこめている
朝日に映えるタマルパイアス山のあざやかな緑
くたびれた車に乗って橋を渡り
　仕事へ向かう。

North Beach Alba

女は本物の世界をまるごと見ることができたのだろうか？ブラウスに隠された、自分の幻の乳房の目を閉じたままで

Could She See the Whole Real World With Her Ghost Breast Eyes Shut Under a Blouse Lid ?

「女は　鍬を入れたばかりの大地の香りがする」

「男は　カエデの小枝を噛んでいるような香りがする」

クリークの河床にすべり落ちた岩石。

　　峡谷でシダを摘む。


柔らかな金色の短い髪の少女、むきだしの片足を上に。

朝を呪っている。

　　「それは私よ、他にはないわ――」


黄色のトウモロコシ女は死者の国へゆく途中

　　　　昼は、死んだノウサギ
　　夜は、元気な自分の赤ん坊に乳をやる女。
ヒマワリの茎がつくる橋。
元気な赤ん坊に乳をやる。

　　　　　　昼間は死の国、ただの丘。
朝を呪っている。
「私の祖母はいった、やつらは一人ずつ踊って
足が割れていた」——シカだ

黄色のトウモロコシ女
青いトウモロコシ女
ヒメコウジ花の女

「人間の残飯にはまったクマは、処置なしだね」

は、すべて闇の時間であらゆる場所を包み、人の心と舌を
治し、正してくれる
そして気持ちよい夜明けをもたらす——

ブランケットの中、安全な巣穴
耳元での歯擦音、濡れた唇をそっとかむ
眉をなぜ、硬いものが膝の裏側にあたる
うなじをなめ、片方の瞼で
張りつめた乳房をくすぐる、かるく指を
薄い胸の肌にはわせながら
動脈が窪んだ股間で絡みあうのを感じる
体を仰け反らせ、左右に揺れながら

Night

前屈みで、四つんばいになって。

噛まれる舌、震える足首
合わせた手の平、絡まる足
かしいだ顎、断続的な叫び
盛り上がる両肩、腹の振動。
しなやかな舌に歯が泳ぐ、反りかえる爪先。
しっかり閉じた両目、速まる呼吸。
もつれ合う髪。

つけっぱなしのラジオ。
回りつづけるレコード。
半分開いたまま揺れるドア。
燃え尽きたタバコ。
床にはき出されたメロンの種。
乾いてゆく混じり合った体液。

明かりが点いたままのもうひとつの部屋。
床に投げだされたブランケット、そして東で
　さえずる小鳥たち。
グレープをいっぱいに含んだ口、解き放たれた木の葉のような肉体。
静けさを取り戻した心、物憂げな愛撫、一瞬
　目配せをして、再び閉じる目
最初の日の光がブラインドを射る。

雨期がはじまる前の素面の日

A Dry Day Just Before the Rainy Season

きのうの夜は酔っ払っていた
　その前の夜も酔っ払っていた

話したり、わめいたり、笑ったり、たぶん
家で本を読んでいればよかった——
「わかったよ、おれを一人にしないでくれ——
　おれをどうにかしてくれよ！」
　　　　女家主の息子が
裏窓ごしに聞いていた。

十一月、日曜日の朝、たくさんの鳥たち
アカハシボソキツツキが一つがい

桃の木で

翼をひろげ
　輝く白い背をのぞかせている
餌台のムネアカヒワは種をパチパチ割っている。

二日酔いはそんなにひどくない――
たぶん今夜も酔っ払うな。
一年、雨から藤の花の季節へ
杏の花へ、一晩中うたい
　床に寝て
シエラの仕事へでかけ
　八月にもどる
涼しい霧、乾いた空気
果実の木の葉は落ちる。
すぐにまた雨期がはじまる。

落葉を焼く匂い。
オレンジベリー、レッドベリー、突然
　　　　ネコがぴょん
　　　　　　――あいつだ――
花のなかではミツバチがせわしない
　　この暖かい素面の日
おれはみんなに何を言ったんだろう

同じ人に、もう一つ

Another for the Same

水に浮かぶ切られた葦
小野小町のよう
ぼくよりも賢い
あなたの美しさの極みは
いつも見えない　幽
あなたの灰色の目には
「暗い森の紅葉のかがやき」が宿る。
見知らぬお方よ
わたしはずっとひもじい思いをしております、ひとりで、寒い
しかし孤独ではありません
あなたと一緒に、孤独にならなければいけないのでしょうか？
日の光に、星の光に、風に

向かいながら、精神という
　　　　すべての高い山で
それを嗅いでいるダナエに。

あなたは本当にどこへも行きはしない
あなたと一緒に行ければよいのだけれど。
岩山へ、空間へ
　　　　――ぼくはこの愛を捨てることができない
それはずっと取るに足らぬもの
あなたの愛に比べれば。

この東京

平和、戦争、宗教、
革命、どれも役には立たないだろう。
この恐怖が種をまくのは、機敏に動く
親指、そして棒でバナナを
手にする術を学んだ、貪欲で
ちっぽけな脳。
　数百万もの私たちは、互いに
あるいは世界に、あるいはそれ自体に
意味を持たない、現実の
あるいは精神の受難者——この世は
ただの夢にすぎないのか？　あるいは人の命は
惑星の健全さに接ぎ木された

This Tokyo

悪夢――心は、心は
太陽に身震いする――賛美せよ
精神の下にある邪悪な自由さを、マルキ・ド・サドと
あるいはもっとも気高いダンテのような神の輝きを
あるいは限りない光、あるいは命、あるいは愛を
あるいは貧しい人びとのお菓子の天国にいる
金ぴかの素朴な天使を――
心の神性、あるいは美、すべてを
プラトン、アクイナス、仏陀
十字架のディオニュシオス、すべての
苦しみと快楽の地獄を、あるいは
感覚と肉欲をまとった
論理、視覚、音楽、あるいは
あらゆる身体機能と
思考が混じり合ったものが
向かうのは――向かう先は――これだ。

　この俗悪な金持ちたちの集合住宅。
アメリカ、それ自身のための慰安。
震えながらレスビアンを演じている
若い二人の少女、客はおれたち男たち
このショーのギャラは千円
――凍てつくような寒さの部屋で――彼女たちの身内に
一回分の食事を買うため。針金、泥、手すり、ブリキ板
このごた混ぜのヤミ市には
赤ん坊、学生、腰の曲がった老人は入れない。
　おれたちが生きているのは
太陽と地球の出会い。
おれたちは生きて――おれたちは生きて――そしておれたちすべての命が
たどり着いた先がこの、この都市だ
そいつは間もなく世界となる、この
絶望、そこでは人を愛すること
あるいは憎むことなど問題に

ならない、そうしたければ愛せばよい、あるいは
よく考え、あるいは書き、教えるのだ
しかし、これを読むきみは
このことを肝に銘じておけ、きみが歩くとこすべてが
社会的大変動が引き起こした腐敗、そして震えているのは
精神、自由とはあるべきものの欠如なのだ。
平和　戦争　宗教　革命は
役に立たないだろう。

一九五六年十二月二十七日

京都、脚注

Kyoto Footnote

子どものころは上海に暮らしていたの
それから神戸、そして京都に引っ越したのよ、戦時中のことだけど、と
白い薄手のブラジャーをつけながら、女は言った。
その人がぼくを階段まで見送ると、すべての女たちが
改まって優雅に、お気をつけて、と
　売春宿から、涼しい夜の空気のなかへ。

マニ教徒たち

ジョアンに

銀河系のこの果てにある
　　わたしたちの火
(敦煌文書には、「永遠の光」とある)
M31、アンドロメダ銀河から
　　二〇〇万光年――
この遺跡を見ていると目が痛い。
指針が時を示す
　　精液はいたるところにある
一回の射精で二〇〇万。
きみのおなかに手を近づける
　　触れるかどうか　すれすれのところに

すると温かさが広がってゆくのがわかる。

はるか彼方のきみの笑い声
それはきみの腿の地震だ。
尾を呑みこむ蛇　ウロボロスのように丸くなって
　　ぼくらはナーガ王、キングコブラ
このベッドは永久のカオス
　　　　　　――そして光の流れのなかで目覚める。

ケーブルカーのケーブルは
路面から六十センチ下で、潤滑油のついたローラーの上を
かなりの速度で動いている。
　　謎に包まれて
　すべてはきちんと動いている。
この広い交差点で一瞬
信号が変わる、それは

星の大惨事。
ミノタウロスの赤い渦巻きは
消えた。
41番埠頭の蒸気船から
運命のトランペット。

きみの部屋は寒い
ブラインドが下ろされた夕暮れの部屋
オーブンに火をつけ、それを開け放したままにしておく
ガスの半透明な炎が
立ちのぼる
ぼくらは一緒に三六〇〇グラムの
純白の鉱物の灰になる。
顎を引いて休んでいるとき
きみの身体は化石だ

――きみの両腕は水かきのまま
　　沼地からきみの瞼を閉じた目が浮かびあがる
触れ合おう――なぜって、二人いっしょに横になれば
温かくなれるから。

ぼくらの腕のこの熱のなかに
　　沈むのだ
地層のひだのようなブランケットは
　　夢みている
　シヴァとシャクティのよう
そして寒さをよせつけない。

アルテミス

アルテミスよ
アルテミスよ
おまえの裸を見てしまった——
さあ、おまえのいまいましい処女を
　　取りもどしておいで

おれに、おれに
おれには、餌をやらなくてはならない猟犬どもがいるのだ。

Artemis

狂ったように下り坂を疾走する

Madly Whirling Downhill

狂ったように下り坂を疾走する
　魔女
そいつは電気を消すことだって
坂下の自分のアパートに座っていながら、人を意のままに
　操れる。

二人が何年も暮らしていたのは
町にある古い家だった。
集金にやってくる人も
その家に出入りする人も
いなかった。

その結末を、男はわかっているから
あわてもせず、気にもしない。
　男を救える者も、その術も
　　ありはしない。

キリスト

Xrist

うなだれたあなたの顔は知っている、あなたの十字架は知っている。
あなたはユダヤ人の中に隠れることはできない
　　ぼくはあなたに同情なんかしない
民衆の気を引こうとして、アテネで自らを火あぶりにしたあなた
最後の半狂乱の悪ふざけをしたあなた――女装して――祭壇で――
　　コーンスターチに身をつつみ
　　そしてトルテカの宝石を
　　　　ジグラットの強い酒を盗み
自分の睾丸を切り落としたあなた――犬の神官たち――キュベレー――
あの気取った足取り――恥ずかしげな流し目――グレイヴズをあなたは不具にする
水に落とされる怯えた処女たち。
　　あの馬鹿なホモを鞭うち

あなたの皮をむかれたペニスは燃えたつ
黄金の留め具を性器にはめられ
　　　——クリトリスを切除された少女たち。
新世界のポップコーン、ポリネシアの豚の串し焼き
セックスする場所で男と女に丸太を落とす
　　　ダンス、鞭
人類の救世主よ！
　　——誰だ、魂を救うための黄泉くだりの場所、地獄を作ったのは？
傷ついた蛇が草のうえでとぐろを巻く
そいつは賢い。
　　　高い場所に木が立っている。
あなたの血を私たちの木の股に近づけてはいけない。

もっとうまく

More Better

おじさん、　　ああ、おじさんの
　　七十頭の犬たち

あ、ムカデだ
　　ベッドのなかで噛まれた
紅い葉の木イチゴの風が
　　　　ヒューヒューと泣く
牡牛よ、おまえも
茶色だ。

柿は
熟しすぎた　　その木の
枝もたわんでいた。

植物に

For Plants

いにしえの処女が
湿った森の暗がりで
キノコを
採っている

　　　ペヨーテ
　　　夢の子の芽が
窪んだ砂漠で光を放つ
　すごい　　両手で
聖なる赤子をあつめる
宝石のような切子面のある灌木
　　　　　　　　空の

子は濃い虹
　カボチャの乙女
　　トウモロコシの少女

尖った髪　苗床の根は
泥と雨から魔法を吸い込み
　虹を洗いながし
そしてそれを大地に埋める。

チョウセンアサガオの長いトランペット
幻覚効果のあるダトゥーラ
毛布にくるまって吸った
　別名、ジェームズ・タウン・ウィード。

ハッシッシの樹脂は
舷窓ごしに

物売りのボートからタンカーに
　かすかに見えた
「黒い髪の赤い唇の輝き」
　神の奴隷のダンサーは
輝くヴェールに
　　　　　隠されている。

耳、目、腹
　　カスカラの木　　ショウブの根茎

切りとられた樹皮は
楽園の香り――
枕がわりの煉瓦
毛布にくるまって

見えるのは

裸のアルテミス。
柔らかな白い
埋められた芽
世界で最初の
種。

二人は何を話すのか

What Do They Say

昔の恋人の顔が　列車に消えるのを
　　かいま見た。
新しい町で行方しらず、だれもその名前をしらない。
　公園にすわっている淋しい男が
　　三十年ぶりに友人と
　　ばったり出合う
　　二人は何を話すのか。
瓶の王冠でチェスをする。
「売地」の看板が　原っぱに立っている。
　いとしい人よ、いとしい人よ
煤をかぶった土台
　雑草でいっぱいの庭

機関室の六地獄

The Six Hells of the Engine Room

ボイラー室の通風囲壁は灼熱地獄、手すりは
熱すぎて触ることもできず、靴は焼ける

ビルジは窮屈な油地獄
下側のパイプにペンキを塗る仕事――塩水と油で
靴のなかは踝までぐしょ濡れ

ボイラーの内部地獄、入るには
熱い煉瓦の穴をくぐる、そこはまっ暗で
熱を放射している

奥のボイラー地獄、苛性ソーダ系洗浄液で　ホィール弁と

フランジの汚れをおとす

シャフト・トンネル地獄、きめの粗い回転軸をつかって
そこを磨く

ペンキ保管庫地獄、ここは揮発性物質の臭いでいっぱい
両手はすっかりべとべとになる。

マーヤー

ピーター・オロフスキーへ

白い服――白い肌――
白い牛――
　インドの夢――
　　そして花――
赤く染められた歯
銀色の髪
あの古のジャイナ教徒の宝石商のように
肉には触れようとしない

ときどき　小さな「ああ」という声

仏陀の母、天の女王
太陽の母、摩利支天《マリーチ》
夜明けの女神

Mother of the Buddhas, Queen of Heaven,
Mother of the Sun: Marici,
Goddess of the Dawn

修行僧ゴサナンダへ

泥まみれの老いた雌豚
黒い泥が背中の剛毛にこびりついている
強靭な首をかたむけ

小さな蹄で泥をかき回し
泥餌にうもれながら
ずんぐりした体をくねらせる

その温かい汚物
がむしゃらにまさぐる鼻
だらりとたれ下がった乳首

かの女を飼ったり
食ったりする者は
追放される

その小さな目を大地から
こちらへ向け
かの女はぼくをじっと見上げる

インド、ビハール州ナーランダにて

古く、汚い国々をさまよいながら

Wandering the Old, Dirty Countries

——きれいなオーバーオールを着て
　だれが貧しいかって?
　　エフトゥシェンコ、あの
　工場の親方ならそんなことは言うまい。
わたしはアメリカのために話しているのではない
詩人たちのためだ——
　そう、まさに栄養失調
虫歯だらけの歯、糞まみれの赤ん坊たち
目の回りにはハエが飛んでいる
そんな人びとに同情する者はいない
　ヒューマニストのブルジョワ連中
それとコムソモールの子どもたちを別にすれば。

　　ガタガタ揺れるバスの向こうに
翼を膨らませた　　ノガンの群れ
丘の上には背を丸めたハゲタカの群れ
あの太った赤ん坊の肉、コール墨をぬった目が
　　やつらにたっぷり餌をやる。
やつらとはソ連の、やつらとはアメリカの
手をさしのべる
男たち。

カジュラーホーへ行く途中で

On Our Way to Khajuraho

カジュラーホーへ行く
　途中で
バスが停車したので、ぼくらはグアバを
　　食べた
安い。
　　広場には
トイレがひとつ
　　　女と男の絵が貼ってあって
　　　ドアは二つ
途中のどこかに　埃まみれの村。
　十三歳の少女が
　　パイスの小銭をおばあさんに

払って、お菓子を買った。
ブンデルカンドの男たちは
花模様のついた、なめし革の
　　エルフ靴を履いている。

彼女は下級カーストだったに違いない。
その子は　相手と距離をおいてたち
　　　　　こまかい硬貨を
手渡した

アヌラダプーラ、プレイアデス星団の町

Anuradhapura City of the Pleiades

ジョアンに

アヌラダプーラ、プレイアデス星団の町
　　　　は
　　涼しくて、足下には
草の香り。
白い猿、白い
　　花崗岩の
石柱が重なりあい　ころがっている
　　白い
ドーム型の仏舎利塔、その頂には金色の尖塔
網状にひろがるオークの木は
彼女の太ももにかかる黒いドレスのよう

跪いて、彼女が
　拓本をとっている
　　　足もとの
　半月状の石には
ライオン　ゾウ　ガチョウの浮き彫り
それが階段の下を丸く囲んでいる。
すべての建物のうち、残っているのは四角い土台だけ。
　結婚したぼくたち。
新たに芽吹く草地。

アルナーチャラを巡礼しながら

Circumambulating Arunachala

数世紀のあいだ　聖者たちが生涯を過ごし、死んでゆくのは
アルナーチャラ近くの
　ドルメンの石板小屋で

派手な花を持った幼い少女たちが
裸足で歩く道をあっというまに走り去る
　彼女たちの目の奥には
重さ、力
　満ちたりた人間精神の温かな輝きがある
　　一年で　あの子たちは死ぬか、病気になる。

山の下の方には——

井戸、ため池、とがった木々が見える
柔らかな体に
　女性の腹に、彫られた断片は
　　数世紀前のもの。

七月七日

都市をながめていると、大工、配管工、レンガ職人の助手、ミキサー車の運転手、左官など、職人たちの仕事が目にうかぶ

シアトル、あるいはポートランドの町を作るのに、どれくらいの時間給が支払われたのだろう（このあたりは、暗い針葉樹林のカーペット——家の骨組みは白い樅材だ——）。木摺《きずり》の骨組み上に漆喰が塗ってあるのでとても涼しい——鏝《こて》で仕上げた滑らかな表面——乾くと粉を吹き、クモの巣状の線ができる。レンガのブロック、屋根板で葺いた屋根

サンフランシスコ、階段のような屋根の輪郭、外壁がセメントとタイルで出来た家並みが連なるサンセット地区——地震の後の写真には、半壊した建物の奇妙な骨組み。工事中の壁のなかに弁当箱——どれだけの長い間、あの垂木を見ていたことか

山で、泥を型にいれ、それを焼いて屋根瓦をつくる——京都の灰色の波模様の屋根——
高校に通う子どもたちが英語や数学を勉強するのは、天井の低い二階の部屋、下の階から
機織りの音が聞こえる、南向きの日当りのよい急勾配の屋根には、陽炎がみえる——

新しい建物は鉄筋コンクリート、その中は張り巡らされた配線と配管で一杯。地下には
機械装置——そいつは夜に壁をノックする——鎮守の森を見おろす平らな現代的な屋上で
は、洗濯物の亡霊たちがおしゃべりしている

道路の排水路、いく列のもの空洞の山は、信じがたいスピードで燃えている不思議な分
子で喧しい、ふるい分けされ——分子は騒ぎ立てる——

幾重にも重なるモヘンジョダロ遺跡のレンガ、九つの都市が埋まっている、各時代の終
わりに道路に窯が作られた

森は泥と石綿で覆われ、河床は吸いつくされ、皿に鋳造され、溶けた酸化物に掛けられ
ている

人類よ、おまえの内臓は、葉を石炭に変え、砂を焼いて黒曜石にしたものと同じくらい、機能障害を起している。水に近づき、流れにしたがえ、おまえの腕は上下に動く、現状を突き破れ。

ななおは知っている

ななお さかきへ

山、都市、すべては、とても
　軽やか、とても自由。　ブランケット
バケツ――捨ててしまえ――
やり残した仕事を。
　いつまでも続きはしない。

女の子は本物
　乳首は硬くなるし、みな湿りけがある
　その匂い、その毛――
――おれは何を言おうとしているのだ。
ほら、すべてのものが
気が狂って、溶けて消えてゆく。

Nanao Knows

トビ職人は
鉄筋を束ね
生コンを流し込む。
森、都市、家族のなかを　出たり入ったり
　　まるで一匹の魚のよう。

ある朝、おそくまでベッドで横になっていると

Lying in Bed on a Late Morning

ある朝、おそくまでベッドで横になっていると
隣には、知らない女の子
　　ほとんど覚えてない——

寝ぼけまなこで、夢みながら
ぼくがにっこり笑うと
　　きみは微笑み、それから歌う。

夢みながら、微笑みながら
　　すらっとした、すべすべのきみの足を夢みている。

整理しようとおもって写真を見ていると

Looking at Pictures to Be Put Away

この女の子は誰だっけ
白いナイトガウン姿で
ジーンズをつかんでいるのは

霧が立ちこめたセコイヤ杉のデッキに立って
優しそうにぼくを見ている女の子
落ちついていて、驚いたようなポーズで。

ぼくらは何を想い出すのだろう
食べ物と恋人でいっぱいの体になった
いまから二十年後に。

真理はくるくる回る女の腹のように

アリ・アクバル・カーンへ

The Truth Like the Belly of a Woman Turning

真理は
くるくる回る女の腹のように
　いつだって通り過ぎる。
　いつもそう。

喉と舌——
　みな同じように感じるのだろうか?
　べとつく縮れた毛が

喉を震わせる
顎の角度
　　ぴんと張った弦

油断のない回音、すべての古いものに
破滅をもたらすのは
　何だろう――

だれが
かまうものか。
　泣き叫んでいても
このすべてが過ぎ去り
　　消え去った
　　年月を。
「それはいつだって変わる」
　風の子ども
　傷ついた子ども

母親たちと娘たち
　ライブ・オークとマドローナの木。

ジョン・チャペルに

For John Chappell

アラフラ海　シナ海
　珊瑚海　太平洋をつらぬく
暗黒の火山帯――
きみはシドニー、そっちは夏だ。
きみが出かけたあの最後の
深夜のツーリングをぼくは想像する
　　硬い新品のギア――揺るぎない新品のエンジン
ぼくが知らない　どこかのハイウェイを
飛ばしすぎ――飛ばしすぎ――
　丹後の砂利道できみが転倒したとき
　　ぼくは言ったよな――

一瞬、きみの頭をよぎったのだろうか
「やばい、やっちまった!」
あっという間の激突、ふっとばされ、即死――

　マラヤ、インドネシア
台湾、フィリピン、沖縄
　眠っている家族――手をさしのべる――
　数百万の人間
　呼吸している生身の世界

ぼくは京都にいる。　　きみはオーストラリアで
夜に消えた。
黒い髭、狂った笑い、そして悲しげで思慮ぶかい額。
　土を愛した、形の作り手
　　陶工よ

今度は　大地で粘土となれ。

一九六四年

なんどでも

How Many Times

ぼくたちは一緒に街を歩いている
　まるいお尻をふりながら　通りすぎる
　きれいな肌　すてきな香り

なんで　この服が。
おっぱい、ブラ、　　ジーンズとバックル——柔らかい——

(八瀬へ行く途中　汗まみれの農家の
娘が　ぼくにダイコンを売りつけた
はだけた青い野良着の縫い目が
むき出しの乳首を撫でていた——)

ストッキングの下のあたりは　もっと日焼けしている
　支えているのは　おかしなもの
　太もものの膨らみ――いちばん柔らかな肌――

ところで　ぼくは大丈夫か？　ああ。
ぴったりしている、　開いている、　服
　もしぼくが　開けっぴろげなら

ぼくたちはこれを繰り返しやるんだ
　なんどでも
なんどでも。

雪をなめながら

Tasting the Snow

家族——ちいさな家族——
　テーブルの端、そしてナプキン
　暖かい場所　　きみは両腕で抱えている
　子どもたち、唾液、洗濯した服
手の力と手のひらの曲線
　　　　　　　　とても
すばらしいもの
　　口論——信頼——愛情——ぼくは
　　　　わかっていない

いまぼくから離れてゆく。
きみの目からおちる二粒の涙のよう。

　生活や希望はそんなものを
糧にしてきたのだ
　　　そしてぼくの歩みは鈍くなった。

ドアの外は
氷のように透きとおった暗闇。
　　ベッドにもぐり込んで
　　笑ったり、キスしていたら
　　どんなに快適だろう、そう考えたこともあった——
　それは寝かしておけ。
いま　ぼくは狩りに行けるんだ。
よく切れる刃、髪をさかだて
　大きな丸石をのりこえ
　熱い心で
　　　雪をなめながら。

ぐるぐる回る

Go Round

後脚でとび跳ねるロバ　成熟した女神デーヴィーは
　腿を激しく揺すり、長い脚を
　後方に振りあげる
上下に揺れる髪
　　ぎこちない腕の動き、しかし目は
　その目と微笑みは、どこか別のところに向けられている。
風をはらんだ帆は、五色雲のはるか遠くの
　未来へ向けて航海する。

　この世界に生まれるとき、わたしたちは
　　つかみにくい腸《はらわた》と
　　花のような肉体の香りを引きずっている

花は　押しつぶされ　再びもどってくる
　バラの肉体の結び目は解かれ――かなたの――
　五色に彩られた雲へと――
あらゆる空間は金剛の無

そして枯れて屈強な、茎となる。
その干からびた枝は種をおとす。

　　後脚でとび跳ねるロバ
前脚で跳ねる馬　揺れる飾り馬具
　それを見ている母親
　　ショッピング・バッグを膝のとなりに
　置き、ベンチにもたれて
ぐるぐる回る娘を目で追っている
外の世界を見ながら、彼女はわかっている

かつて自分も
あのぐるぐる回っている
メリー・ゴー・
ラウンドに乗ったことを。

［ラームプラサード・センにならって］

［*After Rāmprasād Sen*］

両腕で自分の顔を守るようにして
両膝をぐっと抱え込んだ姿勢で
子宮から子宮へ
ちらつく光のなかを
　いくつもの世界をぬけ　落ちてゆく
ひたすら懇願する、母よ
　転生せねばならないのですか、わたしは？

スナイダー曰く、　あなたはわたしを産み、わたしを育てる
あなたと出会い、いつもあなたを敬愛する
　あなたが踊るのは
わたしの胸と腿のうえ

限りない転生。

Ⅳ　バック

オランダ人の老女

The Old Dutch Woman

オランダ人の老女は、一日の半分くらいを
ぼくが修繕して住んでいた小屋の
　　　　裏庭を行ったり来たりしていたっけ

あの人は何を見ていたのだろう。
濡れた葉、朽ちてかたむいた
　　　　頭でっかちの花
もとは野生の植物。
　　インディアン・ペイントブラッシュのことは知っていた
自然とは、山や
雪原、氷河や崖
足もとで起伏する白い花崗岩のことだと思っていた。

平安時代の貴婦人たちは
庭の草花の世界に長けていた
　　　　詩歌や
　夜をともにする恋人たちにも――

ぼくの祖母は無言で
　十五分
ローガンベリーのあいだで立ちつくしていた
　片手にハサミを持ったまま。

去年の秋に植えた
ツルバラには新しい葉。
　――新芽を食べる小さな虫――

かつてシロイワヤギの群れを

見つめていたように

はるかな谷のむこう

圏谷の陰に

消えてゆく群れは

雪の道を歩いていた。

自然　緑の糞

Nature　Green Shit

ヒマワリのもろい空洞の茎
　頭が割れると埃をかぶった種がいっぱい
　殻をむけば、そいつはうまい、小さいけれど

泥を落とすとき、どうして泥は汚くなくちゃいけないのか。
　好きになってみよう、枯れた、あるいは枯れかけている植物を
　しぼんでねじれた草を

最後のピーマンをもぐ
柔らかでしわしわ、あざやかな緑色、ひんやりしている

　何という赤い肉の塊、それがおれだ！

すみれ色した夜明けの空――もうアークトゥルスは見えない――
　おれたちが蔓をとりはらった
　杉の苗木のそば
　家々の光がつくる星座は
　まだ　丘にある。

キャベツにひどい霜。
　（夜通し　玄関の電球は――）
　キーッ、新聞少年の自転車のブレーキ

　あれはおれのネコだ！
いま帰ったよ。

中国の党員たちへ

To the Chinese Comrades

中国軍とロシア軍が
広い平原で向き合っている。
こちら側にはフルシチョフ、あちら側には毛沢東
フルシチョフが大声で叫ぶ
　「貸した金を返せ！」
毛は笑うばかり。長い髪がゆれる。
毛の顔は丸くてつるつる。
両軍が行進をはじめる――面と向きあう――
ぶつかることなく、隊列と隊列のあいだを
両軍は互いにすれちがう
ずっと笑っている毛沢東。

彼は大金を手に取り
笑って、それをフルシチョフに手渡す。

長征のとき、毛主席が所持していたもの
「混紡の毛布、二枚
敷布、一枚、ズボンと上着、二着
セーター、一枚
継ぎあてをした傘、一本
茶碗がわりのほうろうのマグカップ、一個
ポケットが九つあるグレイの書類カバン、一つ」

山に立つ寒山のよう
——岩壁の拓本
髪は逆立ち、微笑んでいる

たぶん自家栽培の
延安のタバコを巻きながら
政治に身を投じた
世界はすべてひとつだ。
——あの山腹の穴ぐらのような土の家から這い出て——

（いったい王《ワン》さんに何があったのだろう——
中国の学校をやめ、父さんを拳でなぐり
洗濯屋を捨てて、船乗りになった
ゴールデンゲートから——ＡＢ級の海員になれただろうか？——）

黒い卵の殻のように薄い
龍山文化の壺
作られたのは、おそらく紀元前三〇〇〇年

あなたは殺したのだ
ぼくは見た、フェルトの長靴をはき、びっこを引きひき
峠から下りてきたチベットの人びとを
毛皮を着ていたあの人たちは
平地の暑さで、汗まみれだった。
　そしてトリスルの峰を一望するアルモーラーの町から
　北京から　の新しい地図
　そのすべてを中国と呼ぶ
　ずっとここまで、ガンジス平原まで――

香港の新界にある松の丘に立てば
もう一方の端が見える　　切り株畑。
ガン、カモ、そして子どもたち
　はるか彼方から、悲痛な声がきこえる。
川では、小さな人びとが
板のうえを歩く――たぶん荷を積んでいる

小さな川船。
それが、平らで　茶色で　広い
中国なのか？

先人たちは
何を残してくれたのか？
残っているのは、孔子、そしていくつかの建物。
——膨大な土壌が失われた。
山は砂漠になる。
落石による洪水、裸にされた山
役にたたぬ曲りくねった河口
干潟
海底にたまるシルト。
風に運ばれる氷河土——

ヨーロッパの氷河時代
オルドス砂漠からフィンランドへ吹く砂嵐
延安の黄土。
　氷河は
　　「減少し
夏の雲のように消滅する……」

雪原ヲ越エテ
ワレラハ毛主席ト会ウノダ！

長征が始まった年、ぼくは四歳だった。
どのくらい続いたのだろう。
川を渡り、山を越え――
チャールズ・レオンがぼくに箸の使い方を教えてくれた
　筆と同じように――

警察署のななめ向かいにある中華料理屋の
　　　　　　　　　　二階で
オレゴン州ポートランド、一九五一年のこと
馬に乗ったヤキマ・インディアン、カラスのような黒い髪。
　　　シャベル型切歯
　　　蒙古襞。
コロンビア川の霧がかかった峰と崖
年老いた木こりたちが岩場へ消える。
米と醤油をたのんでも、あの連中は持ってきてくれたことはなかった
　　　　　　　　ダムのむこう側から
「スナイダー、おまえ、まるで
　　クソたれの中国野郎みてえだな」
ヒー・ヒー・ビュートの下の川辺にあった
ワショー族とウィシラム族のカジノでギャンブルをした
そして硬くて丸い奇妙なパンを買った
テントのパン屋で

あれはチベット人のキャンプ地
ブッタガヤでのこと
そこは釈迦ゆかりの地。

ジョーン・バエズが歌う「イースト・バージニア」をきくと
あの頃を想い出す。
ぼくたちは桜の花の下を散歩した
四万平米の果樹園
手を握りながら、キスした
夕方にマルクスとレーニンの話をした。
あなたは北京に向かって出発していた。

ぼくは彼女のブラウスに手をすべらせ
ブラジャーをはずし
乳房に手を伸ばした。

彼女の甘い息、五月にしてはやけに暑い日だった。
ぼくは考えた、どうしたら全世界がこんなふうに
愛し合えるのだろうか、と。
花、本、革命
もっとたくさんの木、強い女の子たち、澄んだ泉を。
あなたは北京を占領した。

毛主席よ、タバコを止めるべきです。
　あの哲学者たちを煩わせてはいけません
ダムを造り、木を植えるのです
　手でハエを殺してはだめです。
マルクスもただの西洋人でした。
　それはすべて頭の中です。
あなたに爆弾は要りません。
　農業を離れてはいけません。

詩を書きなさい。川で泳ぎなさい。
　あの青いオーバーオールは偉大です。
ぼくを撃たないで、飲みにゆきましょう。
　　ちょっと
待って。

西に向かって

For the West

1

エウロパ、
　赤毛で
　ハシバミ色の目をした
　あなたのトラキアの少女たち
あなたの美しい太もも
消えることのない天罰
威厳のある無関心――

女の国、
あなたの太った小さな司祭たちですら。

アーチ形の寺院
　人工の運河
――ぼくも同じ、この
　緑の目で見る――

カウボーイとインディアンが、ヨーロッパのいたるところで
盾に乗って雪原を滑走している。

次は何？　地球の
農業地域――
　あなたが白人かどうかなんて、誰が気にするだろう？

2

このユニバースは――「ユニとは〈ひとつ〉、バースとは〈回る〉」――ひっくり返った。
　循環する革命の神々

とがった顎髭——毛皮の耳あて付き帽子——
　　　　　　　鞭をふり回すカルムイク族

抱擁とキス
白と黒
男、男
少女、少女

小麦、ライ麦、大麦
　　ドンキーにロバを交配し
　太った強い腰の馬に
革命をするには
　　トラクターと
複合内燃機関が必要だ。
まだ回っている。　重いフライホイールがついた
　　　　肘曲げ機のぎこちなく

　　　　　回転する駆動装置が回り
続ける、白い　女の子たち。
浅黒い肌が
　　　　　柔らかな耳たぶを焦がす。
漂白され、霧のような白い肌
青白い乳首
シミひとつない青白い乳房
　　彼女たちは回り、やがて
ゆっくりと離れていく——

3

　　ああ、それがアメリカ
花模様のきらきら光るオイルの花が

水にひろがってゆく——
あまりに小さかったので、わからなかった、それがいま　拡がり続けている
あのすべての色が、
私たちの世界は
内部を外へと、私たちの方へ、開いてゆく
ひとつひとつが膨張し、回転する
誰がそんな回転を考えただろうか。
それが覆えば
色は消える。
そしてすばらしい模様は
消える。
再び、きれいな水をのぞきこむ。

それは少女が
あの頃ずっと

うたっていた、あの
手鞠唄と同じだ。

一九六四年四月七日

夜明けに起床
甲板を掃き、ゴミ箱を空にし
船の下の部分のペンキを削りとる。
ぼくの友人たちは、みな子どもがいる
そしてぼくは年を取ってゆく。少なくとも
一等航海士、あるいは機関士になっていい年だ。
もう博士にはなれないことはわかっている。
大洋のまんなかで
油まみれのバケツを空ける——
乾いたペンキの
滴の渦
外側には

7. IV. 64

白、銀、青、そして緑
油で一杯——ぼろ切れ——
ペンキ塗りたてのコイル
大理石模様になったグリースとクリーム。

パナマ近海の太平洋にて

海上で二十五日、ニューヨークまで十二時間

Twelve Hours Out of New York After Twenty-Five Days at Sea

いつもぼくらの後ろに沈む太陽。
思えば遠くへきたものだ。
——ラジオからは野球中継
　ぞっとするようなコマーシャル——
この前、この沿岸を航海したのは
一九四八年のこと
調理場で皿を洗って
　ジッドをフランス語で読んだっけ。
バックパックには、日本の中部地方で作られた手斧
「鉈」が三丁はいっている。
もとは中国で鋳造された四角い刃

起源は石器時代までさかのぼるという――
そして永井荷風の小説
一九一〇年ごろの芸者の話だ
庭についての長い行があって
一年をとおして、庭の移り変わりが描かれている。
いまごろ、京都の庭では
ツツジの花が咲いているはず。
船はいま、ハッテラス岬の北を航海している
明日の朝八時には、埠頭に着く。
操舵まわりの甲板にモップがけをして
荷物をまとめ、給料をもらう。

一九六四年四月十九日

ラマルク・コルを越えて

Across Lamarck Col

まだうす暗い朝の光の中
　斜面を下りながら、倒れた小さな
　松の木をまたぐ
ぼくは花崗岩のような無表情な顔をしている。
ぼくらがしてきたすべては、人間的で
　馬鹿げていて、容易に許されるようなことだった。
それはまったくのお門違いだ。

きみが誰かにあげる恵みの泉は
　ぼくのものであるべきだった
もし、もらえないのが
　――ぼくでなかったなら――

ぼくがいちばん必要として、待っていた人が
ぼくのぼくを　立ち止まらせた――ぼくの間違い
　きみの黒い塊の鉱脈――ぼくらの――ぼくらのもの――
ぼくの花崗岩のような無表情な顔――
他の誰かにあげるきみ、なぜなら別の人　だから

ぼくもまた他者になる。
　　ぼくが持って
いたのは、きみからのものでも、きみのためのものでもない
　　　新しい恋人とともに
あげて、あげて、そしてあげて、それから
　　　　もらう。

ケン、ケン、パの遊び

Hop, Skip, and Jump

ジムとアニー・ハッチへ

爪先で描いた曲線、端っこが丸くなった四角形が
柱状の輪郭線から、二箇所、両側に突き出ている、まるで
石器時代のヴィーナスみたいだ。
女の子は石を手にとる
石けり用に選んだのは、白い石英の筋のある石。
　　　　　　　　　　　　女の子は
　茶色いシミがついた、塩でべとべとのタバコの吸い殻を
　　　　　　　　手にとる。
男の子はムラサキガイを手にとる。それからハマグリを手にとる。女の子は棒を手にとる。
とても小さい男の子は、助走をつけてピョン——
くしゃくしゃの金髪——ひとつもうまくできない

片足になると転んでしまう。
ビーチで
ビキニの娘をずぶ濡れにしている
最初は冷たい海水
お次はワインで。
両足　片足　コウノトリのゆったり歩きで、最後の四角で
向きを変える――　跳んで、曲がって、跳んで、さっと石をすくい取る
ぼくたちはみんな躓いて　倒れてしまった。
荒波と海藻でいっぱいの
あらゆる時代――
波が去った砂に一本、線を描く――
そして――
誰でもみんな　やろうとする
ケン、ケン、パの遊び

ミューア・ビーチ、一九六四年十月四日

八月は霧が立ちこめていた

サリーへ

八月は霧が立ちこめていて
九月は乾燥していた。
十月は暑くなりすぎた。
ナパとソノマの草地や
　　灌木が
　燃えた。

十一月に
　なると
冬時間に時計をもどした
　するとすぐに雨がふった。

August Was Foggy

草の新芽が顔をだす季節。
　　きみは
　　ほっそりとした若い
　　さわやかな植物みたいに
なめらかに　涼しげに　夜
　　ぼくを撫でる。

触れ　味わい　絡みあう
　　大地のなか深く。
　　　新しい雨、
二人の生活が始まるとき。

ぼくの手と目の下にある遠い丘、きみの体

Beneath My Hand and Eye the Distant Hills, Your Body

ぼくの手がたどるのは、きみの体の
その線だ。愛の
熱の、光の、一本の流れ　　ぼくの
好色な　　目が
　　　まだらな雪をかぶった遠くの
ユインタ山地を見つめながら
舐めまわしているのは
あの流れだ。
力にあふれた。　　ぼくの
　手はその曲線をえがきながら、線をたどる。
「ヒップ」と「鼠径部」

そこで「ぼく」は
　手と目で
　きみの体が泳げる限界をたどる。
ヴィジョンがぼんやりと丘で戯れる時のように
そいつが食べるものを愛しながら。
　柔らかな噴石丘と噴火口
——ピナクル火山でのこと、ドラム・ハドレーは
　もう一度　火口を見るのに一〇分かかった——
高まる力が広がってゆく
　左　右——右——
雪をかぶったユインタ山地を見ていると
　ぼくの心臓の鼓動は激しくなる。

ぼくの手がきみを食べる
　脇腹をくだって、ヒップのしたで手の平を丸くする。
オイルのプール、層、水——

中に「あるもの」が何か　わからない
でもそれを感じる
一息で沈んでゆく
かまわず押し進む、確かに、底まで。

この手と目の長い愛撫によって
「ぼくたち」は花が開いてゆくのを感じる
「下」から、外にむかって。

梅花の詩

エンジェル島。
ヨットは西へかろうじて滑っている
泥が堆積し、渦を巻いているうえを
　　　　漂っている。
シエラネヴァダの切りたった東側は、まだ
　　　　動いている
ブキャナン通りとヴァレホ通りの交差するあたりに
　　　　梅の木が二本ある
花びらは
　　　　東側の歩道に散る。
まだ世界が生まれていないところで
ぼくらは抱きあい互いを愛撫する

長くてゆっくりとした太平洋のうねり――
陸地は北へ移動する。

煙出しの穴をぬけて

Through the Smoke Hole

ドン・アレンへ

I

この世界の上には、もう一つ別の世界がある。あるいはその世界は、この世界の外側にあるのかもしれない。そこへ行くには、この世界の煙と、その煙がぬける穴をとおらなくてはいけない。梯子を使えば、煙出しの穴をぬけられる。梯子が上の世界を支えているんだ、という人もある。それは一本の木、あるいは棒だったかもしれない。俺の考えでは、それはただの道さ。

梯子の下では火が燃えている。その火は真ん中にあるんだ。それを円い壁がぐるりと囲んでいる。この世界の下か、あるいはその中に、また別の世界がある。煙をぬけて、下へ行く道がある。それが一続きだなんて考えなくていいんだ。

ワタリガラスやカササギには梯子はいらない。あいつらは煙出しの穴をぬけて、飛んでいってしは、ぎゃーぎゃー騒いだり、何だって盗んでいく。コヨーテはそこから落ちてくる。俺たちは奴をみっともない親戚くらいにしか思っちゃいない。そう、友だちに会わせたくない、ぼろを着た親父、といったところさ。

他の奴らのことなど、あまり気にしないで、自分たちの畑を耕すことはできる。下の世界の人が現れると、俺たちはその連中を、魔法の夢に出てくる仮面のダンサーだと考える。そいつらが下の世界へ消えちまうと、どこか別のところへ行っちまったごく普通の人間だと考える。人びとが上の世界へ消えてゆくときは、俺たちはその連中を、煙の中をぬけてゆく光り輝く偉大な英雄だと考えるのさ。それでその人間が上の世界から戻ってきたとき、つまり煙出し穴から真っ逆さまに落っこちてきたときには、俺たちはそんな連中はよく知らない、ってね。さきに話したコヨーテとおんなじさ。

II

キーヴァから出てくるのは
仮面のダンサーたち、あるいは
普通の人間たち。
　　普通の人間たちは、土のなかへ入っていく。
外では、キーヴァの外の世界では、あらゆる雑用がまっている
　　薪と水、土
風、平原のむこうの風景
ここは、すべて丸の世界
　　　　　角はない
頭のなかは魔法の姿でいっぱいだ――
女よ、おまえの秘密は俺の秘密じゃない
言えないことは、俺は言わない
歩き回って

手をぴたりと地面につける。
おまえも円のなかにいる。
ひょうたんの蔓には花
壁も家も材料は
同じ柔らかい土。

過ぎ去った三千万年の歳月
　漂う砂。
涼しい部屋　　ピンクの石
すり減った砦の床、よろい戸のすき間から見えるのは
ジャムナ川の熱い照り返し

水のとぎれた河床にはトラックの轍
いく層にも重なる砂岩にはピニオン松。

海底

　　川岸
　　砂丘
再び海の底となる。

　　人間肥料
　　地下水路
　　痩せた土の神がみ
　　祖母のベリー
　　　　　　　　　すべてが
煙出し穴をぬけて　出てゆく。
　（子ども時代と青春時代、それ自体が虚栄

ペルム紀の藻類の岩礁
煙出し穴をぬけて、出てゆく
呑み込まれた砂

塩性土
海を漂流した死体、　はためくのは
石灰石の外皮――
トカゲの舌、　トカゲの舌
　ワァ、ワァ、ワァ　煙出しの穴をぬけ
飛び込んだり、飛び出したり
　普通の人間たちは
土のなかから出てくる。

牡蠣

最初は　ワシントン州サミシュ湾
　そのときは午前中ずっと、牡蠣を採った
たっぷりのご馳走を　州立公園の
白い厚板のピクニック
　　　テーブルで食べた
　　　　バーチ湾でのこと
　　　そこでぼくらはプレゼント用に
　石を集めた。
そして牡蠣を食べた、牡蠣フライ——生牡蠣を——ミルクで煮込んだり
　パン粉に包んで——

ひとつ残さず。

　　　　欲しいだけすべて

それから車にもどり

走り去った。

*

訳注

ケネス・レクスロス＝レクスロス（Kenneth Rexroth 1905–82）は、二十世紀後半のサンフランシスコを中心としたアメリカ西海岸の詩や文化をリードしたアナキストの詩人・翻訳家・批評家・登山家。シエラネヴァダの山を歌った詩は、スナイダーにも大きな影響を与えた。日本や中国の詩にも造詣が深い。「ビート・ムーヴメント」の始まりとされる「シックス・ギャラリー」でのポエトリー・リーディングでは、司会を務めた。

予もいづれの年よりか＝松尾芭蕉（一六四四〜九四）の『奥の細道』の冒頭部分。

I　極西

ベリー祭り

一九五五年十月七日、シックス・ギャラリーでのポエトリー・リーディングで読まれた作品。初出は『エヴァーグリーン・レビュー』誌（一九五七年七月号）。「ベリー祭り」は、米国オレゴン州ウォームスプリングス・インディアン特別保留地で、八月の中旬に一週間にわたって行われる最初の収穫を祝う祭のこと。コヨーテは、ここに暮らす先住民の神話に登場する英雄（トリックスター）。

ブラックベアーが……＝「クマと結婚した娘」は先住民に伝わる口承の物語である。この物語については、『新版 野性の実践』（思潮社、二〇一一）の「クマと結婚した娘」（原文 "The Woman Who Married a Bear," *The Practice of the Wild*）を参照。

馬林庵

馬林庵＝スナイダーがサンフランシスコ北部にあるマリン郡ミルヴァレーで暮らしていた小屋。一九五六年の春にジャック・ケルアックがそこを訪れ、共同生活をした（John Suiter. *Poets on the Peaks*, 2002 を参照）。

散歩

ベンソン・レイク＝ヨセミテ北部に位置する湖。

パイユート・クリーク＝カリフォルニア州の中部、シエラネヴァダ山脈に位置するヨセミテ国立公園の北部を流れる渓流。名前は、シエラネヴァダ山脈の東側にあるモノ・レイクの近くに暮らしていたパイユート・インディアンに由来する。

発破をかける

パイユート山＝ヨセミテ北部に位置する山。ベンソン・レイクからの登頂ルートがある。標高三二一三メートル。

小さな枯枝を燃やす

リッター山＝ハイ・シエラに位置する山。標高四〇〇六メートル。一八七二年ジョン・ミューアが初登頂。

シエラ北部、標高二七〇〇メートルのベアー・ヴァレー、トレイル作業員のキャンプ——白い骨と雪解け水の細流

リップラップ＝傾斜の急な山の斜面に、さほど大きくない石をしっかり固定し、人や馬やロバが歩けるようなトレイルを作る作業、あるいはその石のこと。スナイダーは一九五五年の夏、ヨセミテ国立公園でこの作業をしていた。

シエラから家へ

Gary Snyder. *The High Sierra*, 76. Aug 28, 1955を参照。

シュガー松＝カリフォルニア州、オレゴン州産のマツ。五葉松の一種。

サンウォーキン・ヴァレー＝サンウォーキン川流域、セントラル・ヴァレー南部に位置する。

フォックステイル松

フォックステイル松＝オレゴン州南部からカリフォルニア州北西部の標高一九五〇〜二七五〇メートルのクラマス山地、そしてシエラネヴァダ山脈の南部に位置するセコイヤ・キングズ・キャニオン国立公園の標高二三〇〇〜三五〇〇メートルの樹林限界線に分布している。樹齢二千年を超えるものも確認されている。

ハイリード式架線集材＝急傾斜地における集材並びに荷外し後の集材木滑落を防止する方法で、高い木にフックのついたケーブルを取り付け、地面にある丸太を集材トラックなどに集める「架線集材」のこと。

八月、サワドー山にディック・ブルーアーがやって来た

一九五三年の夏、スナイダーは、前年のクレイター山に引き続きノースカスケード山脈にあるサワドー山で、農務省林野部管轄による山火事監視の仕事をしていた。

オイル

一九五七年八月、スナイダーは横浜からオイルタンカー「サッパ・クリーク号」に乗船し、九カ月間、機関室の清掃係として働いていた。

フェアリーダ＝索道具。ロープがからまるのを防ぐ器具。

掃除夫たちの秘密

ビルジ＝船底の湾曲部のこと。

夕方に到着

フィル・ウエーレン＝フィリップ・ウエーレン（Philip Whalen, 1923–2002）。スナイダーのリード・カレッジ時代からの友人で、仏教徒の詩人。

スキッダー＝悪路で丸太を牽引する大型の四輪トラクター。

ヒッチ　ハイク

キャト＝無限軌道式トラクター、キャタピラーの略称。

フー・マンチュー＝イギリス人作家サックス・ローマー（Sax Rohmer 1883–1959）の作品に登場する、チャイナ服を着てドジョウ髭を長く伸ばした長身痩躯の中国人で、東洋人による世界征服を目指して陰謀をめぐらす怪人の名前。何度も映画化されている。

クイーツ・インディアン居住地＝ワシントン州オリンピック半島南西に位置するキノールト・インディアンの自治領。

スモーク・クーリク砂漠＝ネヴァダ州ピラミッド湖の北一〇〇キロに位置する。

エルコ＝ネヴァダ州エルコ郡にある都市。

ウォブリー＝世界産業労働者組合のこと。

カーゴ・ブーム＝揚貨装置から張り出しているスパーのことで、積荷を釣り上げる役割をする。

ミンダナオ海溝＝別名フィリピン海溝。フィリピン諸島のルソン島南東からミンダナオ島の東を経て、ハルマヘーラ島の北東沖に達する海溝。最深部は一〇五四〇メートル。

ワシントン州サッポー＝オリンピック半島にある非法人地域。地名はギリシャの女流詩人サッフォーに由来する。

ハイ・シエラ＝シエラネヴァダ山脈のうちカリフォルニア州の部分。

ファイヴ・レイクス・ベイスン＝タホ国有林の中心部に位置する高地。

カウィーア川＝カリフォルニア州セコイヤ国立公園内シエラネヴァダ山脈の南部を源流とし、南西に流れ、同州中南部の都市ビセーリアの北東部に達する。

ティンバー・ギャップ＝セコイヤ国立公園内にある峠。高さ二九四五・八メートル。

フッド川＝コロンビア川の支流で、長さは約四十キロ。フッド山近くカスケード山脈を流れ、フッドリバーヴァレーを下り、コロンビア川峡谷でコロンビア川に合流する。三つの支流がある。

トゥーソン＝アリゾナ州南東部の都市。一八八〇年にサザン・パシフィック鉄道が開通した。銀鉱や銅鉱山が発見され、発展した。また、同州の乾燥農業地帯の中心地。アリゾナ大学がある。

ウィラパ湾＝ワシントン州南西部パシフィック郡に位置し、太平洋に臨む入江。

プロングホーン＝北米西部に生息する枝角カモシカ。

ピナケート砂漠でのシチューの作り方、ロックとドラムのためのレシピー

ピナケート砂漠＝メキシコ北西部の州でカリフォルニア湾およびアリゾナ州と接するソノラに位置する砂漠。

ルタバガ＝アブラナ科アブラナ属。形状はカブに似ている。皮が厚く肉質は堅い。

ダンプリング＝スープや煮込み料理用の肉入りゆでだんご。

ビスクイック＝米国ゼネラルミルズ社製の小麦粉ミックス。小麦粉、ショートニング、ふくらし粉などが入っている。

タラゴン＝キク科ヨモギ属の多年草。その葉は香料になる。

ベイリーフ＝月桂樹の乾燥葉。香料。

オコティーヨ＝カリフォルニア州インペリアル郡の国勢調査指定地域。エルセントラルの四十二キロ西に位置する。

サーテル

レディング＝カリフォルニア州サクラメント・ヴァレーの北端に位置する都市。オレゴン・アンド・カリフォルニア鉄道の北ターミナルとなり発展した。

レッド・ブラフ＝カリフォルニア州北部テハマ郡の都市。レディングから南に四十八キロに位置する。

スノークォルミー峠＝シアトル南東、カスケード山脈中の峠。標高九一六メートル。

エバレット＝シアトル北部ピュージェット湾に臨む都市。大きな製材所がある。第一次世界大戦後に、製材所の労働者によるストライキがあり、シアトルの労働組合員がストライキ支援のため海路からエバレットに入ろうとしたとき、発砲事件が起きたことで有名である。

クイーツ・ベイスン＝ワシントン州北西部オリンピック山地の西斜面に位置する盆地。七二四平方キロ。

十五年前、ドジャー・ポイントの山火事監視人だった若者へ

ドジャー・ポイント＝オリンピック国立公園内のドジャー・ポイント山頂（一七五四メートル）には山火事監視小屋がある。

オリンピック山地＝ワシントン州北西部に位置する。海岸山脈の一部で、最高峰はオリンパス山（二四二八メートル）。ダグラスファーなどの針葉樹林地帯で、九十メートルをこえる巨木もある。名前

はギリシャのオリンボス山に由来する。一九三八年に国立公園に指定された。
ドシウォールイプス流域＝オリンピック山地内のアンダーソン山付近を源流に、フッド入江を通り太平洋に注ぐ。
エルファ川＝オリンピック山地中バーンズ山とクウィーツ山付近の万年雪を源流にファン・デ・フカ海峡まで北流する全長七十二キロの川。なお、ゴルディ川はエルファ川の支流。
アリソン＝アリソン・ギャス（Alison Gass）。スナイダーの最初の妻。一九五一年に結婚をしたが、半年後に別れた。

Ⅱ　極東

八瀬の九月

八瀬＝京都市左京区の地名。比叡山西麓、高野川の清流に臨み、北の大原とともに洛北の景勝地。スナイダーは一時この地で離れを借りて住んでいた。

比叡山

アルデバラン＝牡牛座の一等星。アラビア語で「あとに従うもの」の意味で、プレイアデス星団に続いてのぼることからこの名がつけられた。

アミ　一九六二年十二月二十四日

ジョアン・カイガーの『日本・インド滞在日記』（*Strange Big Moon: The Japan and India Journals 1960–1964*. Berkeley: North Atlantic Books, 2000）には、次のような記述がある。「十二月二十四日、月曜日　バプティスト病院にヘイグッド先生を訪ね、アミ・ピーターソンが朝に男の子を出産したことを知る。わたしとゲーリーは、二階にいるアミに会いに行く。早産だったので、まだ誰も知らない。二人は女の子を欲しがっていて、わたしはアミが女の子を産んだ夢を見た。私たちは、ピートに知らせようと八瀬に行く。ピートは留守で、彼らの犬が寒さにぶるぶる震えていた。」以前スナイダー夫妻が借りていた八瀬の家に、ピーターソン夫妻は暮らしていた。

銭湯

初出は『エヴァーグリーン・レビュー』誌（一九六三年三・四月号）。詩の最後に「京都一九五八―六二年」とある。スナイダーはこの詩について次のように述べている。「当時、八瀬に小さな家を借りていました。この詩は、大徳寺での夜の坐禅からの帰り道に立ち寄ったいくつかの銭湯を描いたものです。銭湯がどこであったか、今ははっきりしませんが、高野川沿いにあったことは確かです。」

九州の火山

縁辺岩＝高原または他の隆起地形の周辺を形成する岩石。

ロバート・オッペンハイマー（J（ulius）Robert Oppenheimer, 1904–67）＝アメリカの理論物理学者。第二次世界大戦中、ニューメキシコ州サンタフェの北西にある町 Los Alamos で、最初の原爆を製造した原子力研究所の所長。

八瀬の高野川

高野川＝京都市北東部を流れる川。鴨川の支流。天ヶ岳の東麓付近に発し、南流して大原、八瀬を経て出町柳で鴨川に注ぐ。全長約二十一キロ。古くから友禅染の水洗いに利用された。

ロビンのための四つの詩

ロビン＝リード・カレッジ時代のガールフレンド、ロビン・コリンズ（Robin Collins）のこと。

シウースロー・フォレスト＝オレゴン州北西部にある国有林。一九〇八年に国有化された。オレゴン海岸沿いティラムクからクースベイまで広がっており、敷地面積は約二五〇〇平方キロ。シウースローとはこの地域に住んでいた先住民族の名前。

相国寺＝京都市上京区にある臨済宗相国寺派の大本山。スナイダーは一九五六年に初来日し、ここで三浦一舟老師のもと修行した。

窯焚き

レス・ブレイクブロー（Les Blakebrough, 1930– ）＝陶芸家。イギリス出身。一九六三年、京都で陶芸家の河井武一のもと学んでいた。オーストラリア在住。

ジョン・チャペル（John Chappell, 1931–64）＝陶芸家。イギリス出身。ブレイクブローと共に京都で陶芸を学んだ。一九六四年三月十三日、シドニーにあるハーバーブリッジでのバイク事故で亡くなっている。

蛙目粘土＝陶磁器の原料とする粘土の一種。花崗岩の風化分解によるカオリン質粘土（白陶土・白粘土）で、愛知県、岐阜県、三重県などの花崗岩地帯に産出する。この粘土中には蛙の目玉くらいの半透明の石英粒子が混じっており、水で濡れたときに蛙の目玉のように見えることからこの名称がついた。

エンゴロ＝耐火材料で出来た容器で、陶磁器を入れて焼く。「さや」ともいう。

ゼーゲル錐＝窯などの炉内温度を測定するのに用いられる。摂氏二十～三十度おきに各段階の温度で融解して曲がるように配合した、種々の粘土製の三角錐。高さ約六センチ。炉内に置き、溶融した錐の番号によって温度を知ることができる。一八八六年ドイツの科学者H・A・ゼーゲル（Hermann August Seger, 1839–93）が発明。

南泉

南泉＝スナイダーが飼っていたネコの名前。中国唐時代の南泉禅師がネコの子を斬った故事に基づく禅の公案、「南泉斬猫」がある。

六年

六年＝スナイダーのメモによれば、それぞれの詩篇が書かれた時期は次のとおり。「一月」は一九五七年、「二月」は一九六三年、「三月」は一九六四年、「四月」は一九六三年、「五月」は一九五七年、「六月」は一九六三年、「七月」は一九五九年、「八月」は一九六〇年、「九月」は一九六一年、「十月」は一九六四年、「十一月」は一九六一年、「十二月」は一九五六年、「反歌」は一九六四年。

黄色の竜＝当時山手線の車両は黄色だった。

増上寺＝東京都港区芝公園にある浄土宗の大本山。

龍雲寺《りょううんじ》＝三重県いなべ市にある臨済宗妙心寺派の寺院。山号は、太清山。スナイダーによれば、一九六三年四月、大徳寺の雲水たちとこの寺へ托鉢に出かけたという。そして、四月三日の開山五百年を祝う式典の手伝いをしたとのこと。

錫杖＝僧侶や修験者が携える鈴のついた杖。

ガスマントル＝ガス灯の点火口にかぶせる網状の筒。燃焼したガスの熱によって発光する。

永平寺＝福井県永平寺町にある曹洞宗の大本山。寛元二（一二四四）年、道元が延暦寺の圧力から逃れ、越前の土豪波多野義重の援助によって創建。
タントラ＝経典には明確に説かれない秘密の意義を解明する文献のこと。
コールド・ターキー＝中毒患者から麻薬、アルコール、タバコなどを完全に取り上げることから生じる禁断症状。
十二月＝この詩は、一九五六年十二月一日から八日に行なわれた大徳寺の「臘八接心《ろうはちせっしん》」の体験がもとになっている。
参禅＝禅道を学ぶこと。または、坐禅を組むこと。
粥座＝朝食。
提唱の鐘＝禅宗では宗旨の大要について説法したり、禅僧の語録を講義することを提唱という。その始まりを知らせる鐘。
上座＝出家後十年を経過した者の敬称。老師に同じ。
斎座＝昼食。
餓鬼＝生前犯した罪の報いによって、餓鬼道に落ちた亡者のこと。サンスクリット語は元来、死せる者、逝きし者を意味する。
薬石＝夕食。
雲水＝禅の修行僧。スナイダーは「雲水」について、「相国寺、春の接心」（"Spring Sesshin at Shokoku-ji"）というエッセイの「注」で次のように述べている——「これ［雲水］は中国の古い詩に由来する禅の用語である。日本語では、仏教のすべての宗派の僧を「坊主」という。雲水になるのに正式な誓約はいらないが、剃髪し、僧堂の中では「衣」という中国風の長いローブを着る。雲水は辞めるのも自由。一年のうち六ヶ月、僧堂にいる春と秋の間、肉は食べないが、期間外の夏と冬には、好きなものを食べ、飲み、服装も自由である。寺の僧（和尚）になった後、大部分の禅僧は家庭をつくる。現代の若い雲水は、そういった家庭の出身者が大半である」――『地球の家を保つには』(*Earth House Hold*, 1969) より。

直日＝スナイダーが、「禅堂の雲水のかしら（年長者のもちまわりで、六ヵ月ごとにかわる）」（『地球の家を保つには』）というように、禅堂内での坐禅の指導監督をする総取締り役のこと。

警策＝「警覚策励」の意で、修行者の精進を励ますこと。また、坐禅のとき眠りをさまし、怠りを励ますために打つ、手元は丸く先になるほど平たい樫の棒をいう。

経行＝睡気を醒ますためや足の疲れをとるため、坐禅のかたわらに行なう歩行運動。禅堂の周囲などを巡って歩く。

Ⅲ　カーリー

カーリー＝ヒンドゥー教の女神。シヴァ神の妃。死と破壊と創造の相を合わせ持つ。

サーンチーの石の少女に

サーンチー＝インド中部のマディヤ・プラデーシュ州にある仏教遺跡。約五十の遺跡がある。遺跡の中心である石造の大塔（第一ストゥーパ）はマウリヤ朝のアショーカ王の時代に創建され、前二世紀に拡張されたもの。その門には仏伝図、本生図などが浮彫りにされており、インド初期美術の頂点を示している。北塔門、東塔門には豊穣を司るヤクシー女神の像がある。一九六一年十二月から六ヶ月間、スナイダーはジョアン・カイガーとセイロン（現スリランカ）とインドを旅行している。

ノースビーチの後朝《アルバ》

ノースビーチ＝サンフランシスコのビート・ムーブメントゆかりの地。ビート詩人ローレンス・ファーリンゲッティのシティーライツ書店があることでも有名。五〇年代の様子は、ジャック・ケルアックのスナイダーをモデルにした小説『ザ・ダルマ・バムズ』（*The Dharma Bums*, 1971）に詳しい。
タマルパイアス山＝サンフランシスコの北西にある山。標高七八四メートル。ミウォク族の言葉で「湾の山」が語源。サンフランシスコ湾、太平洋を見渡せる場所にあり、麓には七十メートルを越えるレッドウッドがあることで名高いミューア・ウッズ・ナショナル・モニュメントがある。

雨期がはじまる前の素面の日

カリフォルニアの雨季は十一月から三月。

同じ人に、もう一つ

ダナエ＝アルゴス王アクリシオスの娘で、ペルセウスの母。父に青銅の塔に閉じ込められていたとき、黄金の雨に変身したゼウスと交わり、ペルセウスが生まれた。

マニ教徒たち

ジョアン＝サンフランシスコの詩人ジョアン・カイガー（Joanne Kyger, 1934– ）。スナイダーの二番目の妻。一九六〇年京都で結婚した。六五年に離婚。

敦煌文書＝敦煌は中国甘粛省北西部の市。市街の南東に四〜十四世紀の壁画・塑像が残されている世界遺産の莫高窟がある。二十世紀初頭、そこから敦煌文書といわれる貴重な文書・仏典等が発見された。

ウロボロス＝蛇が環状になって自分の尾を飲み込んでいる図。無限の象徴。

ナーガ＝インド土着の蛇信仰から形成された蛇神。ナーガ族は地下世界の護衛者。ナーガの王シェシャはヴィシュヌの同伴者であり、天地創造の暁に宇宙の海に彼を乗せて浮かぶ筏《いかだ》を形成する。シェシャが自らの尻尾《しっぽ》を口にくわえる姿は永遠性のシンボルとされる。

41番埠頭＝サンフランシスコのフィッシャーマンズ・ワーフにある。

シヴァ＝ヒンズー教の三主神の一。破壊と創造の神で、リンガ（男根）を象徴とする。

シャクティ＝「神の力」、「聖なる力」を意味するサンスクリット語。最高神の妃を指す場合もあり、例えばパールバティーはシヴァ神のシャクティにあたる。シャクティと呼ばれる女神たちは、穏和なイメージと恐ろしいイメージを兼ね備えている。

アルテミス

アルテミス＝オリュムポスの十二神の一人。狩猟と弓術を司り、同時に野生の動物、子供たち、弱き者を守護する女神。お供のニンフたちをひきつれ、山野を駆け、歩くのを楽しむ。自分たちの楽しみを邪魔する者には容赦がない。ギリシャ古典文学では、うら若い処女神として描かれ、貞潔の象徴であり、かたくなに処女と純潔を守る女神という性質を持っている。

キリスト

キュベレー＝フリギアを中心に小アジアで崇拝された大母神。キュベレーにはアッティスという恋人がいたが、かれは女神を裏切り、他の女性と結婚しようとした。そのため、キュベレーの怒りを買い、結婚式の最中に現れた女神の姿を見て発狂し、松の木の下で自分の男根を切り落として死んだ。このアッティスにならい、キュベレーの司祭（コリュンバンテス）たちは、去勢するならわしがあった。アッティスとキュベレーの祭祀は、ローマの公式宗教にも取り入れられ、密議宗教として古代後期に流行した。司祭たちはシンバルを打ち鳴らしながら狂熱的に舞踏を踊った。

グレイヴズ＝ロバート・グレイヴズ（Robert Graves, 1895–1985）のこと。イギリスの詩人、小説家、批評家。彼の詩論『白い女神』（*The White Goddess*, 1948）は、綿々と続く女神信仰の存在を主張し、独自の神話体系を構築した。

植物に

ペヨーテ＝サボテン科。メキシコおよびアメリカ南部の砂漠に自生している。メスカリンを含み、生食すると幻覚症状がでる。元は先住民が宗教儀式に使用していた。メスカリンはＬＳＤと似た作用がある。

チョウセンアサガオ＝jimson weed ともいう。熱帯アメリカ原産のナス科の植物。幻覚・昏睡症状を起す麻薬が採れる。

ダトゥーラ＝ラッパ型の花ととげのある果実が特徴。種子に猛毒がある。先住民の使用する幻覚剤の原料。

ジェームズ・タウン・ウィード＝jimson weed のこと。

ハッシッシ＝大麻の雌花の樹脂のみを集めたもの。麻薬として喫煙したり、かんだり、飲んだりする。

カスカラ＝アメリカ太平洋岸に生育するクロウメモドキ科の落葉高木。樹皮は緩下剤《かんげざい》になる。

ショウブ＝ショウブ科の多年草。根っこは精神安定剤や特効薬、また香料として使われる。

機関室の六地獄

スナイダーは五七年八月、横浜港からタンカーの「サッパ・クリーク」に乗船し、翌五八年四月にカリフォルニアに戻るまで、掃除夫として機関室で働いていた。スナイダーはこの時の体験を『地球の家を保つには』の「タンカー・ノート」に記している。

マーヤー

マーヤー＝ブッダの生母。コーリヤ族の執政官の長女で、カピラバストゥの浄飯王の妃。釈尊を産んで七日後に死んだ。

ピーター・オロフスキー（Peter Orlovsky, 1933–2010）＝アレン・ギンズバーグのパートナーの詩人。スナイダーは一九六一〜六二年にカイガーと船でインドへ向かい、スリランカ、インド、ネパールを旅行している。ニューデリーでギンズバーグと合流し、ダラムサラでダライ・ラマ十四世に会った。オロフスキーも同行していた。

仏陀の母、天の女王
太陽の母、摩利支天《マリーチ》
夜明けの女神

スナイダーはカイガーとインドのビハールにある古代の大乗仏教の遺跡を訪れたとき、地中に埋もれたマリーチの石像を見たという。マリーチとは「夜明け」と結びついたインドの女神で、「雌豚」がそのトーテムになっている。マリーチの石像を見たすぐ後に本物の雌豚をみて、その強烈な存在感に打たれたスナイダーは、この作品を雌豚と女神のために書いたという。日本では猪と結びついて摩利支天となっている。

ゴサナンダ（Samdech Preah Maha Ghosananda, 1929–2007）＝カンボジアの仏僧。カンボジア南部タケオ州生まれ。ポル・ポトによる自民族大量虐殺・伝統文化絶滅政策で荒廃したカンボジアで、非暴力による平和の実現を訴えた。世界の宗教関係者との交流も深め、八八年にカンボジア仏僧の最高位に着く。カンボジアのガンジーとも呼ばれ、ノーベル平和賞の候補者にも選ばれた。アメリカのマサチューセッツ州の病院で逝去。スナイダーは一九六二年一月二十九日、ナーランダの仏教遺跡を訪ねている。マハ・ゴサナンダが、マリーチの石像に案内してくれたという（Snyder. *Passage through India.* Shoemaker & Hoard, 2007)。

古く、汚い国々をさまよいながら

エフトゥシェンコ（Yevgeny Yevtushenko, 1933– ）＝現代ロシアを代表する詩人の一人で、朗読に定評がある。ウクライナの首都キエフにある峡谷でのユダヤ人虐殺を扱った詩「バビ・ヤール」（1961）が有名。

コムソモール＝旧ソビエト時代の共産主義青年同盟（正称は全ソ連邦レーニン共産主義青年同盟）。

カジュラーホーへ行く途中で

カジュラーホー＝インドのマディヤ・プラデーシュ州の小さな村。首都デリーから南東に六二〇キロに位置する。ヒンドゥー教とジャイナ教の建造物群は世界遺産。とくにパールシュバナータ寺院は、さまざまな男女の性交のポーズを表した立像で有名。一九六三年二月、スナイダーはジョアン・カイガーとこの地を訪れている。

パイス＝インドの旧貨幣単位（一ルピーの六十四分の一）。

カースト＝インドのカースト制度は、一九五〇年の共和国成立により憲法上は全廃された。

アヌラダプーラ、プレイアデス星団の町

ジョアン・カイガーの『日本・インド滞在日記』に、この場所の記述がある。

アヌラダプーラ＝スリランカ中北部の都市。前五世紀に建設。古代シンハラ文明の中心地であった。アショーカ王の王子マヒンダがこの地に仏教を伝えた。そのため仏教徒の巡礼地になっている。スリランカにおける最古の仏教遺跡であるアヌラダプーラ遺跡がある。町の中心にある菩提樹は前二四五年にブッダガヤから移されたもので、現存樹木中最古のもの。

アルナーチャラを巡礼しながら

アルナーチャラ＝インド南部タミル・ナードゥ州ティルヴァナーマナイにある山で、シヴァ神の聖地。

またシュリ・ラマナ・マハルシゆかりの場所としても有名。一九六二年一月、スナイダーとカイガーは、この山を巡礼し、麓にあるシュリ・ラマナ・アシュラムを訪れている。十キロあまりの巡礼の道を裸足で歩いたという。

七月七日

サンセット地区＝サンフランシスコの一地区。

地震＝一九〇六年四月十八日朝の五時十二分に起きたサンフランシスコ地震のこと。マグニチュード七・八。震源はサンフランシスコの近くを通るサンアンドレアス断層。地震直後に発生した火災は三日間燃え続けた。

モヘンジョダロ＝インダス川下流のシンド地方に栄えたインダス文明の都市遺跡。城塞は壁に囲まれ、大浴場、穀物倉、僧院などがある。市街は道路、下水が完備され、家屋は煉瓦でつくられていた。なお、下水道は世界最古のものとされている。一九八〇年に世界文化遺産に登録された。

ななおは知っている

ななおさかき＝一九二三〜二〇〇八年。鹿児島県東郷町生まれの詩人。日本におけるカウンター・カルチャーのリーダー的存在で、スナイダーやギンズバーグの親友。詩集に、『犬も歩けば』（一九八三）、『地球B』（一九八九）、英文の詩集に *Break the Mirror* (1987)、*Let's Eat Stars* (1997)、一茶の英訳

詩集 *Inch by Inch: 45 Haiku by Issa*（1999）やスナイダー詩集『対訳 亀の島（Turtle Island）』（1991）などがある。二〇一〇年に選詩集『ココペリの足あと』、二〇一三年にアメリカで全詩集 *How To Live On The Planet Earth: Collected Poems* が出版された。ななおは友人のナーガ（長沢哲夫）と、一九六三年に京都のスナイダー宅を訪ねている。これが二人の最初の出会い。

真理はくるくる回る女の腹のように

アリ・アクバル・カーン（Ali Akbar Khan, 1922–2009）＝インドの弦楽器サロッド奏者。北インドの伝統音楽を西洋に広めたことで知られている。一九六七年に北カリフォルニアにアリ・アクバル音楽大学を設立し、後にカリフォルニア大学サンタ・クルーズ校でも教えた。シタール奏者ラヴィ・シャンカルとの共演は有名。

ジョン・チャペルに

ジョン・チャペル＝「窯焚き」に既出。「六年」の十月にも登場する。

アラフラ海＝オーストラリアとニューギニアの間の太平洋の海域。東はトレス海峡で珊瑚海に、西はティモール海に接し、北は小スンダ列島によってバンダ海と境を接している。

マラヤ＝マレー半島にあった国。現在マレーシアの一部。

ぐるぐる回る

デーヴィー＝ヒンドゥー教の女神のこと。シヴァ神の配偶者でパールバティーのこと。

［ラームプラサード・センにならって］

横たわる男の胸と腿に足をのせて踊るカーリー女神の姿は、多くの絵に描かれている。

ラームプラサード・セン（Sadhak Rāmprasād Sen, c.1718, or c.1723–c.1775）＝ヒンドゥー教シャクータ派の詩人で聖者。「セン」は賢者や偉人に与えられる名字。彼のバクティ（解脱に至るための神に対する献身的愛）を歌った詩は、破壊の女神「カーリー」に捧げられている。また彼は、ベンガル地方のバウルの民族音楽と古典的なメロディを組み合わせ、新しい詩作のスタイルを創造したといわれている。彼の生涯にまつわる伝説が多く残されており、いまでもベンガルでは人気がある。

Ⅳ　バック

オランダ人の老女

インディアン・ペイントブラッシュ＝カステラソウのこと。花は穂状花序で、目のさめるような明るい色の苞に囲まれている。

圏谷＝山岳氷河の浸食作用によって形成された氷河地形の一種。

自然　緑の糞

アークトゥルス＝牛飼座の首星。春から夏、南天の夜空に橙色に輝く。和名は大角星。

中国の党員たちへ

フルシチョフ（Nikita Sergeyevich Khrushchev, 1894–1971）＝ソビエト連邦の第四代最高指導者。ヨシフ・スターリンの死後、第一書記となり、スターリン批判をする。農業振興や雪どけ外交を進めた。一方で、中国を含む社会主義国とは対立関係にあった。

毛沢東＝一八九三〜一九七六年。中国共産党の指導者。一九三四〜三六年に中国国民党軍の攻撃を回避するため、長征をし、延安に入った。四九年十月一日に中華人民共和国が成立したと同時に、中央人民政府主席に選ばれ、五四年には共和国国家主席に選出される。この時期中ソ関係は常に不安定であった。フルシチョフのスターリン批判を受け、毛沢東はフルシチョフを修正主義と批判した。それにより中ソ関係は急速に悪化する。一九六〇年六月のブカレスト会議で、フルシチョフが中国の国内外における政策を批判すると関係はさらに悪化。結果、ソ連政府は中国と結んだ六百の契約を破棄し、中国から撤退。中国はソ連に対する借款を一九六五年に完済している。

寒山＝生没年未詳。中国、唐の伝説上の詩僧。「寒山詩」をスナイダーは原典から英訳している。拙訳『リップラップと寒山詩』（思潮社、二〇一一）を参照。

延安＝中国陝西省北部の都市。一九三七〜四七年まで、中国共産党中央委員会の所在地だった。毛沢東はこの地で抗日戦争を指導する。中国革命の聖地と呼ばれる。

AB級の海員＝熟練有資格甲板員のこと。

龍山文化＝紀元前三〇〇〇〜一五〇〇年にかけて中国の黄河流域で栄えた新石器文化。黒陶の製造や町の構成に特徴があり、黒陶文化ともいわれる。

トリスル＝ヒマラヤ山脈の一部で、三つの頂からなる部分をいう。トリスル1が最も高く、標高七一二〇メートル。

アルモーラー＝インド北部ウッタルプラデーシュ州北部の町。シバーリク山腹に位置する。

ガンジス平原＝インド北部ウッタルプラデーシュ州の大部分とバングラデシュにまたがるガンジス川流域の大平原。

シルト＝土壌または堆積物で粒子の大きさが砂よりも細かく、粘土よりもあらいもの。おもに石英や長石などの鉱物片からなり、粘土鉱物が大量に混じる。

オルドス＝中国内蒙古自治区南部の、黄河の南側に広がる海抜一〇〇〇〜一五〇〇メートルの高原地帯。

チャールズ・レオン＝リード・カレッジの旧友。中国系アメリカ人。

ヤキマ・インディアン＝ワシントン州に住む先住民族。

シャベル型切歯＝人の切歯で後面の両側が中央部より隆起しているものがあり、一八七〇年にミュールライターによってその形からシャベル型切歯と名づけられた。モンゴロイドに多く見られ、その人種的特徴であるといわれる。

コロンビア川＝カナダのブリティッシュ・コロンビア州、およびアメリカ合衆国太平洋岸北西部を流れる川。水源はカナディアン・ロッキー。最後の四八〇キロは、ワシントン州とオレゴン州の境界を流れ、ポートランドで支流のウィラメット川と合流し、オレゴン州アストリアで太平洋に注ぐ大河。

ワショー族とウィシラム族＝双方ともオレゴン州北部の先住民族で、近い関係にあったことで知られている。

ヒー・ヒー・ビュート＝ワシントン州オロビル市近郊にある山。高さ一三四六メートル。「ヒー・ヒー」はチヌークジャーゴンで「笑う」という意味。

西に向かって

エウロパ＝フェニキアのテュロス王の娘。白牛に変身したゼウスにクレタ島に連れ去られ、ミノス、ラダマンテュス、サルペドンを産む。彼女がこの牛に乗せられて巡行した地域がヨーロッパと呼ばれるようになったという。

カルムイク族＝十七世紀に中国東北部よりカスピ海北部やボルガ川下流の西部地域に移り住んだモンゴル民族。

海上で二十五日、ニューヨークまで十二時間

ジッド＝アンドレ・ジッド（André Gide, 1869–1951）のこと。フランスの作家、批評家、エッセイスト。一九四七年にノーベル文学賞を受賞。代表作は『狭き門』(1909)。

永井荷風＝一八七九～一九五九年。小説家。代表作『濹東綺譚』（一九三七）には、ジッドの『贋金つくり』などに倣った作中小説の技法を生かし、現実社会に抗して「過去の幻影」を追い求める姿勢が見られる。

ハッテラス岬＝ノースカロライナ州東部の岬。鎖状に連なる砂丘島の一つで、ハッテラス島の東端に位置する。霧が発生しやすく、ハリケーンや嵐が多発するので、「大西洋の墓場」と呼ばれている。

ラマルク・コルを越えて

ラマルク・コル＝シエラネヴァダ山脈キングス・キャニオン国立公園内の山（標高三七四六メートル）。

ケン、ケン、パの遊び

ミューア・ビーチ＝カリフォルニア州マリン郡にある太平洋に面した浜辺。サンフランシスコから二十六・六キロ北西に位置し、ミューア・ウッズ・ナショナル・モニュメントに近い。

八月は霧が立ちこめていた

ナパとソノマ＝サンフランシスコから北東約五十キロに位置する郡。ともにワイナリーで有名。

ぼくの手と目の下にある遠い丘、きみの体

ユインタ山地＝ユタ州北東部の山脈でロッキー山脈の一部を成す。最高峰はキングス峰（四一二三メートル）。

噴石丘＝火口から噴出した多孔質の火山岩片が堆積した小規模な火山体。

ピナクル火山＝アリゾナ州とメキシコのソノラ州の境にある火山群。

ドラム・ハドレィ（Drum Hadley）＝詩人で牧場経営者。現在はアリゾナとニューメキシコの州境に住み、牧場を経営しながら環境保護運動をしている。チャールズ・オルソンに詩作を学び、スナイダー、ギンズバーグ、ウェーレンと交流があった。著作物に *Voice of the Borderlands*（2005）がある。

梅花の詩

エンジェル島＝サンフランシスコ湾に浮かぶ最大の島。かつてはコースト・ミウォーク族が住んでいた。一九一〇～四〇年まで移民局が設置されており、中国人、日本人、ロシア人、オーストラリア人

と、太平洋を渡ってくる移民はこの島で検査を受けた。第二次世界大戦中、移民局の建物は捕虜の一時収容所として使用され、数百人の日本人とドイツ人捕虜が収容された。

ブキャナン通りとヴァレホ通り＝サンフランシスコ市内の北にある通り。

煙出しの穴をぬけて

ドン・アレン（Donald M. Allen, 1912–2004）＝歴史的な詩のアンソロジー『新しいアメリカ詩』の編者。一九六四年の六月に彼とスナイダーは、ニューメキシコ州アルバカーキーの北にあるキーヴァを訪れている。

キーヴァ＝プエブロ・インディアンの（半）地下の大広間のこと。宗教儀式や集会などで使われる建物。

ジャムナ川＝インド北部の川で、ヒマラヤ山脈に発し南東に流れ、アラハバードでガンジス川に合流する。この合流地点はヒンズー教徒の聖地となっている。

ペルム紀＝二億八六〇〇万年前から二億四五〇〇万年前の時代。バリスカン造山運動の最終変動期にあたり、陸化が進んだ。古生代の最後であり、ペルム紀が終わると中生代となる。この紀の末には古生代に繁栄した多くの生物が絶滅し、中生代以降栄えた生物の先祖型が出現し始めた。

牡蠣

サミシュ湾＝ワシントン州北西部のスカジット郡に位置する湾。ベリングハム湾に隣接している。牡蠣の養殖が盛ん。

バーチ湾＝サミッシュ湾から州間道五号を約八十キロ北上した場所に位置する湾。なお、バーチ湾に面して州立公園がある。

訳者あとがき

原 成吉

本書は、アメリカ版『奥の国』（*The Back Country*. New York: New Direction, 1968）の一九七一年リセット版の「宮沢賢治」のセクションを除く全訳である。

［スナイダーが英訳した宮沢賢治の作品は、以下の通り。スナイダーが翻訳に用いた賢治の詩集は、谷川徹三編『宮沢賢治詩集』（岩波文庫、一九五〇年）である。詩の分類は、『文庫版　宮沢賢治全集一〜四』（筑摩書房）による。括弧内の数字は、スナイダー編訳の配列を指す。］

『春と修羅』より

(1) "Refractive Index"「屈折率」、(2) "The Snow on Saddle Mountain"「くらかけの雪」、(3) "Spring and the Ashura"「春と修羅」、(4) "Cloud Semaphore"「雲の信号」、(5) "The Scene"

「風景」、⑹ “A Break” 「休息」、⑺ “Dawn” 「有明」、⒃ “The Great Power Line Pole” 「グランド電柱」、⒄ “Pine Needles” 「松の針」、⒅ “Thief” 「ぬすびと」
「春と修羅 第二集」 より
⑻ “Some Views Concerning the Proposed Site of a National Park” 「国立公園候補地に関する意見」、⑼ “Cow” 「牛」、⑽ “Floating World Picture: Spring in the Kitagami Mountains” 「北上山地の春 [セクション1、2のみ]」、⑾ “Orders” 「命令」、⒂ “Daydreaming on the Trail” 「旅程幻想」
「春と修羅 第三集」 より
⑿ “Distant Labor” 「はるかな作業」
「詩ノート」 より
⒀ “The Politicians” 「政治家」
補遺詩篇Ⅰ より
⒁ “Moon, Son of Heaven” 「月天子」

宮沢賢治の作品は、『奥の国』に収められたスナイダーの翻訳によって英語圏の読者にその存在が知られるようになった。スナイダーは、二〇一二年九月二十四日、南カリフォルニア大学での講演「環太平洋、仏教、詩、そしてエコロジー」の中で、賢治の作品を翻訳するまでの経緯について語っている。そして、その影響が感じられる自分の作品として、「この世は好きに」("It Pleases")、「集材トラックの運転手が禅の修行僧より早く起きる理由」("Why Log Truck Drivers Rise Earlier than Students of Zen")、「ノース・サンワン学校にペンキを塗る」("Painting the North San Juan School")、「森に入る」("Getting in the Wood")、「アラスカ州ディリングハムのウィロー・ツリー酒場」("Dillingham, Alaska, the Willow Tree Bar")をあげている。なお、山里勝己氏は、この翻訳についての経緯を紹介しながら、二人の詩人が共有する世界観をエコクリティカルな視点から論じている(「場所の感覚を求めて——宮沢賢治とゲーリー・スナイダー」、山里勝己『場所を生きる——ゲーリー・スナイダーの世界』山と渓谷社、二〇〇六年)。

タイトルの「奥の国」は、エピグラフにあるように芭蕉の『奥の細道』を意識したものである。また、英語の「バック・カントリー」には、ノースカスケード山脈やシエラネヴァダ山脈などのトレイルを歩いてしか行くことのできない「ウィルダネス」や、西洋文明からみた「後進国」、さらにはさまざまな神話、夢、ドラッグによる幻想など、理性だけでは捉えることのできない「精神の未開の領域」といった意味も含まれる。

この詩集に収められた作品が書かれたのは、一九五〇年代のはじめから一九六七年にかけての時期である。日本でいえば、戦後の復興から高度経済成長期にあたる。若い読者は、スナイダーの詩に描かれた日本のイメージに戸惑う人もいるかもしれない。アメリカでは、ビートから対抗文化、いわゆる「シクスティーズ」の時代である。

冒頭の「ベリー祭り」は、今ではビート／サンフランシスコ・ルネサンスの伝説となった「シックス・ギャラリー」でのポエトリー・リーディングで、ギンズバーグの「吠える」の後に読まれた作品である。おそらくトリックスターとしてのコヨーテを描いた最初のアメリカ詩ではないだろうか。

その翌年、一九五六年五月、スナイダーは、ルース・フラー・ササキの招きにより「米国第一禅堂協会」の奨学金を得て、京都にやってくる。そして、相国寺の三浦一舟老師のもとで禅の修行をはじめる。その前の数年間を含めて、年ごとに伝記をたどってみよう。

一九五〇年、オレゴン州のリード・カレッジ時代、アリソン・ガスと結婚し、半年で別居、二年後に離婚。

五一年、卒業論文「ハイダ神話の諸相」（後に、*He Who Hunted Birds in His Father's Village* として出版）を書く。大学卒業後、ウォーム・スプリングズ・インディアン居住地で働く。オリンピック山地をバックパッキング。秋にインディアナ大学ブルーミントン校大学院へ入学するが、一学期で退学。ニューヨークの「米国第一禅堂協会」へ最初の手紙を書く。

五二年、サンフランシスコに戻り、フィリップ・ウェーレンと共同生活。夏は、マウント・ベイカー国有林にあるクレーター山で山火事監視人の仕事をし、山頂で坐禅を組む。このころ、浄土真宗の「バークレー仏教教会」で宮沢賢治の「雨ニモマケズ」を知る。

五三年、夏、マウント・ベイカー国有林にあるサワドー山で山火事監視人の仕事をする。カリフォルニア大学バークレー校大学院東アジア言語学科に入学、日本語と中国語を学ぶ。詩人のケネス・レクスロスと知り合う。

五四年、オレゴン州のウォーム・スプリングズ製材会社で働く。

五五年、夏、ヨセミテ国立公園でトレイル建設（リップラップ）の仕事をする。ヨセミテをバックパッキング。秋に大学院で「寒山詩」の英訳をはじめる。十月、サンフランシスコのシックス・ギャラリーでのポエトリー・リーディングに参加する。

五六年、五月二十一日、有田丸で神戸港に到着。相国寺の林光院で暮らしながら、昼は日本語を学び、夕方は坐禅を組む。大徳寺龍泉庵でルース・フラー・ササキが主催する「臨済録」を英訳する研究グループに加わる。

五七年八月から約九ヶ月間、ペルシャ湾から原油を運ぶタンカーで船員として働く。

五八年六月から、カリフォルニアのマリン郡の小屋（馬林庵）に暮らしながら、サンフランシスコ・ベイ・エリアの友人たちと交流し、坐禅を教える。二番目の妻となる詩人のジョアン・カイガーと出会う。

五九年に日本へ戻り、大徳寺の小田雪窓老師のもとで、老師が亡くなる六六年まで修行を続ける。

六〇年、二月に詩人のジョアン・カイガーが来日、神戸のアメリカ領事館で結婚する。

六一年十二月から六ヶ月間、カイガーと東南アジア、スリランカ、インドを旅行する。インドでギンズバーグとピーター・オーロフスキーと合流。

六三年七月、ギンズバーグがインドの帰りに京都のスナイダー宅を訪ねる。このとき二人は、日本の詩人ななおさかき（榊七夫）と出会う。以後、ななおを中心とする日本のカウンターカルチャーのグループ「部族」との交流が始まる。

六四年五月、アメリカ西海岸へ戻り、シエラネヴァダの高地をバックパッキング。秋にUCバークレー校で詩を教える。この時期には、賢治の翻訳（抄訳）を終える。

六五年七月「バークレー・ポエトリー・カンファレンス」にギンズバーグ、チャールズ・オルスン、そしてベイ・エリアのロバート・ダンカン、ジャック・スパイサー、ルー・ウェルチたちと参加する。十月に日本へ戻る。

六六年一月、サンフランシスコのゴールデンゲート・パーク、ポロ・フィールドで開催されたヒッピーたちの祭典「パウ・ワウ、部族の集会＝ヒューマン・ビー・イン」にギンズバーグ、ティモシー・リアリーたちと参加する。スナイダーの吹くホラ貝で、このイベントは始まり、ロック・バンドと詩人たちが同じステージに立った。三番目の妻となるマサ（上原雅）と金関寿夫の自宅で出会う。

六七年、ななお、ナーガ、ポン（山田塊也）、山尾三省たちを中心とする「部族」と親交を深める。四月、新宿安田生命ホールで「部族」の旗揚げのポエトリー・リーディングを行う。夏にトカラ列島諏訪之瀬島のコミューン「バンヤン・アシュラム」で暮らす。この島にある活火山の火口でマサと結婚式をあげる。

六八年、長男カイ（開）が京都で誕生。詩集『奥の国』がアメリカで出版される。十二月、家族でカリフォルニアへ戻り、サンフランシスコで暮らす。

『奥の国』に収められた詩が書かれた時期、スナイダーはその大半を日本で過ごしたことになる。その間に太平洋をクジラやサケのように行き来しながら、詩と仏教とエコロジーの実践を模索していた。スナイダーの詩を読むとき、その詩が書かれた場所は大きな意味を持つ。すべての場所には、個々の物語がある。この詩集には、日本を題材にした作品が多く含まれているので、アメリカよりも日本の読者の方が「場所の詩学」を実感できるかもしれない。

二〇一一年十月、ちょうどこの翻訳をやっていたときのこと、スナイダーを日本に呼んで、谷川俊太郎と「太平洋をつなぐ詩の夕べ」というイベントをやることになった。環太平洋の二人の長老詩人は、ポエトリー・リーディングとトークで新宿明治安田生命ホールの聴衆を魅了してくれた。収益金はすべて東日本大震災の被災者へ寄付された。

その翌日、スナイダーは東北新幹線とプリウスのレンタカーで奥の細道をたどった。先ずはイーハトーヴ、南花巻にある「宮沢賢治記念館」を訪ねた。佐藤勝館長が出迎えてくれた。館内には、賢治の詩を最初に英訳したスナイダーのポートレイトとアメリカ版『奥の国』が展示してあった。記念館のボランティア・スタッフの厚意で、夕闇迫る北上川の「イギリス海岸」に遡上した鮭を見ることができた。ぼくがその年の夏、スナイダーの地元を流れるロアー・ユバ川でチノック・サーモンの遡上に出くわした話をすると、スナイダーは、「どちらもタイヘイヨウ鮭属だよ。太平洋をつないでいるのは詩だけじゃないね」と笑っていた。そのあと賢治の実弟、宮沢清六さんのお孫さんにあたる宮沢和樹さんの林風社に寄って、コーヒーを飲みながら賢治についてお話しをうかがった。この夜は、賢治も訪ねたという大沢温泉の山水閣に泊まり、渓流をのぞむ露天風呂に浸かり、酒と夜話を楽しんだ。

次の日は、芭蕉ゆかりの平泉と毛越寺を訪ね、まだ震災と津波の爪痕が残っていた松島湾をウミネコと一緒に巡った。

今から五十八年前、二十六歳のスナイダーと大徳寺の龍泉庵で出会ったときの印象をぼくの恩師金関寿夫は、「シエラネヴァダの山からやってきた教養あるランバージャック(樵)だった」(「八瀬のイージーライダー、若き日のゲーリー・スナイダー」、『アメリカ現代詩を読む』思潮社、一九九七年)と記している。金色堂の近くに立つ芭蕉の像の隣で、小さなノートにメモをとるスナイダーは、ぼくには詩聖の姿と重なって見えた。

＊

『奥の国』の表紙のイメージは、トム・キリオン氏による「パイユート・キャニオンとハンフリー山」というタイトルの多色刷り木版画です。この作品は、スナイダーとのコラボレーション『カリフォルニアのハイ・シエラ』(Gary Snyder and Tom Killion. *The High Sierra of California.* Heyday Books, 2002)に使われているものです。トムの友情に感謝します。註を付けるにあたっては、アメリカ詩を専攻している関根路代さんにご協力いただきました。また、授業で『奥の国』を読み、時にはトレイルで迷子になりながらも、示唆に富んだコメントを返してくれた獨協大学の学生のみなさんに感謝します。今回もお世話になった思潮社編集長の髙木真史氏、そして訳者の細かな注文に辛抱強く応えてくれた編集者の出本喬巳氏にお礼申し上げます。最後に、訳者の稚拙な質問にもいつも笑顔で答えてくれたスナイダー氏には、感謝の言葉が見つかりません。ゲーリー、ありがとうございました。

誤訳や誤解があるかもしれませんが、それはすべて訳者の力不足、読者の叱責をお受けします。スナイダーのこれらの作品が、日本の詩的風土の新たな種となれば、訳者としてはうれしい限りです。

二〇一四年、春、蓼科にて

略歴

ゲーリー・スナイダー　Gary Snyder

一九三〇年、サンフランシスコ生まれ。五〇年代中頃、アレン・ギンズバーグ、ジャック・ケルアックらビート世代に大きな影響を与える。五六年から六八年まで日本に滞在し、禅の修行と研究を行なう。六九年に「亀の島」にもどり、七〇年からシエラネヴァダ山脈北部で暮らし始める。文筆活動、ポエトリー・リーディング、禅仏教の実践と研究、環境保護活動、カリフォルニア大学デイヴィス校教授（現在は名誉教授）など多彩な活動を展開。「ガイアのうた」を書きつづけるディープ・エコロジストの詩人。ピューリッツァー賞、ボリンゲン賞、日本の仏教伝道文化賞、正岡子規国際俳句大賞などを受賞。

＊

原成吉　はら・しげよし

一九五三年東京生まれ。獨協大学外国語学部教授。訳書にゲーリー・スナイダー『リップラップと寒山詩』、『新版 野性の実践』（重松宗育と共訳）、『絶頂の危うさ』、『終わりなき山河』（山里勝己と共訳）、海外詩文庫『ウィリアムズ詩集』（訳編）、『チャールズ・オルスン詩集』（北村太郎と共訳）、『記憶の宿る場所 エズラ・パウンドと20世紀の詩』（共著）などがある。

奥《おく》の国《くに》　ゲーリー・スナイダー・コレクション4

著者
ゲーリー・スナイダー
訳者
原成吉
発行者
小田久郎
発行所
株式会社思潮社
〒一六二―〇八四二　東京都新宿区市谷砂土原町三―十五
電話〇三（三二六七）八一五三（営業）・八一四一（編集）
FAX〇三（三二六七）八一四二
印刷所
三報社印刷株式会社
製本所
誠製本株式会社
発行日
二〇一五年一月二十日